T0030436

El alumno aventajado

Joseph Roth

otraslatitudes

El alumno aventajado
y otros cuentos

Joseph Roth

Traducción de
Alberto Gordo y
Juan Andrés García

Nørdicalibros
2021

Rafael Finat, 32 - CP: 28044 Madrid
Tlf: (+34) 917 055 057 - info@nordicalibros.com
www.nordicalibros.com

Primera edición en Nórdica Libros: junio de 2021

ISBN: 978-84-18451-77-5

Depósito Legal: M-15441-2021

IBIC: FA

Thema: FBA

Impreso en España / *Printed in Spain*

Imprenta Kadmos

(Salamanca)

Edición: Eva Ariza

Diseño de colección: Filo Estudio e Ignacio Caballero

Maquetación: Diego Moreno

Corrección ortotipográfica: Eva Ariza, Victoria Parra y Ana Patrón

JOSEPH ROTH Y LOS ZWEIG

Friderike Zweig

(Esta es una versión abreviada de una sección del capítulo «Reisen», perteneciente a la biografía de los últimos años de Stefan Zweig que su primera esposa está preparando para la Editorial Claridad de Buenos Aires).

El Hôtel Cap d'Antibes era el lugar más hermoso que un artista podía haber elegido para trabajar. No era como el Hotel Palace —Stefan siempre huía de esa clase de sitios—, sino una especie de castillo que antaño había funcionado como residencia privada, la casa donde Maupassant había vivido con su familia. Bernard Shaw se había alojado en el hotel durante unos cuantos veranos seguidos, poco antes de que llegáramos nosotros. El lugar disponía de un álbum lleno de fotografías en las que solía aparecer Shaw, cual Proteo en bañador. En invierno, la casa era muy tranquila, agradablemente tenue y acogedora, y esa sensación alcanzaba su plenitud en el pabellón del restaurante junto al mar. Los centroeuropeos excéntricos como nosotros se aventuraban a darse un baño entre las olas —el oleaje del lugar es muy bello—, y eso a Stefan le sentaba de maravilla, pues así podía trabajar en su *María Antonieta* con gran empeño y disfrute. Tal y como le ocurría siempre que estaba instalado cómodamente en algún sitio, se dispuso a compartir ese placer con un amigo. Envió una invitación a Joseph Roth, que se encontraba casualmente en Marsella. Roth era dieciséis años más joven que Stefan, y mi marido lo consideraba uno de los escritores más brillantes de nuestra época. Roth llevaba poco tiempo escribiendo por su cuenta. Se había dedicado al periodismo durante unos años y había luchado en la Primera Guerra Mundial, de modo que no había tenido tiempo de obtener el mismo reconocimiento que otros escritores con menor mérito.

Quizá sea conveniente decir algo más acerca de él, sobre todo porque fue uno de nuestros mejores amigos durante los últimos años que pasamos juntos. Había comenzado su carrera periodística en un diario de Viena y luego pasó a formar parte de la plantilla del *Frankfurter Zeitung*, para el que viajó como corresponsal a la Rusia soviética y a Yugoslavia. En la guerra luchó como oficial y, por muy sorprendente que parezca, le entusiasmaba la profesión de las armas. Ello se debía a dos razones: su sueldo de oficial le había proporcionado, por primera vez en la vida, independencia económica, y, tras su experiencia en la tierra de los pogromos, consideraba al emperador Francisco José el protector de los judíos. De hecho, su devoción por la patria austrohúngara no cesó de crecer a medida que el imperio declinaba hacia el ocaso, y alcanzó su apogeo justo cuando el objeto de ese patriotismo dejó de ser una entidad independiente. La romántica ceguera de Roth, cuyos amables ojos azul cielo veían tantas otras cosas con un realismo que ya quisieran muchos, constituía en realidad una forma de volar al pasado o bien a un complicado futuro, todo con tal de escapar al terrible presente. El autor de *Judíos errantes* y *Job* había ahondado en las profundidades del sufrimiento humano. Su querida esposa se había vuelto irremediablemente loca y él cayó en las tentaciones de la bebida como refugio para el olvido. Bajo la influencia del alcohol era un hombre alegre y optimista, capaz de culminar las tareas más brillantes y precisas, y así llenaba una página tras otra con su hermosa y firme letra. Trabajaba casi siempre en las terrazas de los cafés, y nunca se impacientaba cuando alguno de sus amigos, que eran muchos y de las más variadas naciones, razas y capas sociales, se dejaba caer por allí para interrumpirlo. Había vivido varios años en Berlín, pero, cuando Hitler asumió el mando de la cancillería alemana, Roth abandonó definitivamente la ciudad para entregarse a una vida de cafés parisinos que emulaba la de Verlaine. Era un hombre extremadamente amable, siempre dispuesto a ayudar a los amigos en apuros, pero esperaba a su vez que estos mostraran la misma amabilidad con él y sus pupilos. El barómetro de su temperamento era capaz de pasar rápidamente de la alegría más inocente a la amargura y el incisivo sarcasmo. Su entusiasta y brillante inteligencia judía se inclinó al final ante la autoridad de la Iglesia católica, ya que, al parecer, la piedad y la humildad conseguían apaciguar su tormentosa indignación ante un mundo tan duro y cruel. Al aceptar la tradición y hallar la fe en el futuro del mundo que conocía y el que estaba por venir, domó su espíritu de ardiente rebeldía. Mientras estuvo en Antibes, trabajó en su extraña novela *La marcha Radetzky*, en la cual supo volcar todo su amor por Austria. Él y Stefan, de cuyo talento Roth siempre hablaba con la más profunda admiración, solían discutir con gran placer las actividades literarias de ambos, y muchas veces intercambiaban ideas. El hermoso incidente del ganso salvaje de *La marcha Radetzky* se debe a una sugerencia de Stefan. Estas contribuciones ajenas son muy frecuentes en las obras literarias, hasta un punto que el lector difícilmente podría sospechar. Así, cuando a Stefan lo invadían el cansancio y la impaciencia, muchas veces me llamaba para que le ahorrara el aprieto de acabar él solo el capítulo que tenía entre manos.

En un entorno como ese, refrescante y estimulante, Stefan no tenía dificultad alguna en trabajar duro y despachar una gran cantidad de trabajo, por lo cual todas las publicaciones que datan de esta época, y que millones de lectores han disfrutado, manifiestan la evidente facilidad y frescura de las condiciones en que las produjo su autor. Cada tarde, nos escapábamos del hotel para divertirnos en el ambiente tan distinto y estimulante que reinaba en el bistró de la misma calle, donde los chóferes, haciendo gala de esa cortesía francesa que fascinaba a Stefan, me sacaban a bailar. Mientras tanto, nuestro amigo Roth procedía a dar cuenta, con gran satisfacción, de su brandy «del bueno» o su Calvados, casi siempre y por desgracia en tragos demasiado generosos. Tenía una forma muy suya de pedir otra copa antes de vaciar la que estaba bebiendo. A veces caminábamos desde el cabo hasta la ciudadela del casco antiguo para comprar material de escritura, pues a ambos les encantaban las papelerías. Una vez hechas las compras, solíamos entrar en alguna galería de tiro para practicar un poco la puntería. Roth siempre se quedaba estupefacto al ver que yo, que carecía de experiencia militar, acertaba en el ojo del toro tantas veces como él. Siempre insistía en celebrar su victoria o la mía con una ronda de licores, pero Stefan y yo optábamos por un benedictino suave antes que rendirnos a otras cosas más fuertes. Luego ocurría que Stefan decidía probar el nuevo papel y los lápices, y se ponía a escribir en la mesa del café; cuando ya estaba claro que no lo convenceríamos para unirse a la diversión, lo dejábamos a su aire. A veces, Stefan lograba influir en su amigo para que frenara sus apetitos. Se esforzó mucho por ayudarlo en este aspecto y en otros, pero al final fue poco lo que consiguió, y la escasa fuerza de voluntad de Roth le puso las cosas muy difíciles. Stefan siempre se alegraba mucho al obtener la más pequeña victoria, por nimia que fuera, frente al enemigo de Roth, el demonio del alcohol. La salud de este era cada vez más delicada, pero se negaba a escuchar las advertencias de los médicos. Al igual que Stefan, siguió trabajando con la más terca determinación hasta el final. Ambos mostraban predilección por esos franceses «corrientes» que Roth logró retratar tan deliciosamente, y entre los cuales contaba con muchos amigos. En la primavera de 1939 y ante centenares de amigos que asistieron al funeral, fue enterrado entre los suyos, entre esa gente corriente. Había derrochado su preciosa vida sin compasión alguna, pues sabía muy bien que no cabía esperar otra cosa del futuro que la continuación de los terribles ultrajes que atormentaban su delicada compostura a base de odio e indignación. Stefan dio por sentado que Roth se había infligido su propia muerte, y eso, ciertamente, influyó en él a la hora de tomar la terrible decisión que llevaría a cabo poco después.

Las obras más importantes de Joseph Roth son: las novelas *Abril, historia de un amor* y *El espejo ciego* (1925), *Hotel Savoy* (1924), *Zipper y su padre* (1928), *La rebelión* (1924), *Judíos errantes* (1927), *Fuga sin fin* (1927), *A diestra y siniestra* (1929), *Job* (1930), *Panoptikum* (1930), *La marcha Radetzky* (1932); y las siguientes, publicadas en Holanda: *El Anticristo* (1934), *Los cien días* (1936), *El peso falso* (1937), *La cripta de los capuchinos* (1938) y *La leyenda del santo bebedor* (publicada póstumamente en 1939). Esta última obra aparecerá en una próxima antología de escritores europeos a cargo de Peter Thomas Fisher en Nueva York, bajo el título *Das Herz Europas (El corazón de Europa)*, que toma prestado de Stefan Zweig. La última obra que Roth escribió concluye con un piadoso deseo para sí mismo: «Que Dios nos conceda a todos los borrachos una muerte tan dulce y tan bella».[1]

Nueva York

[1] J. Roth, «La leyenda del santo bebedor», traducción de Juan Andrés García en la presente edición.

EL ALUMNO AVENTAJADO
(1916)

El hijo del cartero Andreas Wanzl, Anton, tenía el rostro de niño más peculiar del mundo. Su carita alargada y pálida, con una nariz torcida y seria que exacerbaba los rasgos marcados, estaba coronada por un penacho de pelo amarillo blanquecino extraordinariamente escaso. Reinaba una frente alta, infundiendo respeto, sobre un par de cejas blancas apenas visibles y debajo dos ojitos profundos, de color azul pálido, miraban el mundo muy seria y precozmente. Los labios finos, pálidos y apretados se arrugaban en un gesto de obstinación y una barbilla hermosa y regular componía el formidable acabado del rostro. La cabeza estaba plantada sobre un cuello flaco, toda su constitución era endeble y delicada. El único contrapunto extraño a su figura lo daban las fuertes manos rojas, que se balanceaban en las muñecas escuálidas y quebradizas como si estuviesen sueltas. Anton Wanzl iba siempre vestido con pulcritud y limpieza. Nada de polvo en la chaqueta, ni un roto, siquiera el más pequeño, en los calcetines, ni una cicatriz, ni un rasguño en la carita tersa y pálida. Anton Wanzl rara vez jugaba, nunca se peleaba con otros chicos ni robaba las manzanas rojas del jardín del vecino. Anton Wanzl solo estudiaba. Estudiaba desde la mañana a altas horas de la noche. Sus libros y cuadernos estaban envueltos con sumo cuidado en un blanco papel crepitante. En la primera página, con una letra extrañamente pequeña y bonita para un niño, estaba escrito su nombre. Sus brillantes calificaciones estaban dobladas con solemnidad en un gran sobre de color rojo ladrillo, junto a un álbum con los maravillosos sellos por los cuales se envidiaba a Anton incluso más que por sus notas.

Anton Wanzl era el chico más tranquilo del lugar. En la escuela se sentaba en silencio, los brazos cruzados como estaba prescrito, y miraba fijamente con los ojitos precoces la boca del profesor. Era, por supuesto, el primero de la clase. Lo presentaban siempre ante los demás como el modelo a seguir, sus cuadernos escolares no mostraban ni un solo tachón rojo, con la excepción del poderoso diez que por lo general resaltaba al pie de sus trabajos. Anton daba respuestas tranquilas y pertinentes, siempre estaba listo, nunca enfermo. Se sentaba como si estuviera clavado al pupitre. Lo que más le desagradaba eran las pausas. Todos tenían que salir, la clase se ventilaba, solo el supervisor se quedaba dentro. Anton, sin embargo, salía al patio, se apoyaba en el muro, receloso, y no se atrevía a dar un paso por miedo a que lo derribara alguno de los chicos que correteaban y armaban escándalo. Cuando la campana volvía a sonar,

Anton respiraba aliviado. Con cautela, como su director, entraba tras los muchachos apremiantes y ruidosos, con cautela se sentaba en el pupitre, no dirigía la palabra a nadie, se levantaba derecho como una vela y, en cuanto el profesor daba la orden —«¡siéntense!»—, se desplomaba automáticamente en su sitio.

Anton Wanzl no era un niño feliz. Una ambición ardiente lo consumía. Una voluntad férrea por brillar, por sobrepasar a todos sus compañeros, agotaba casi todas sus escasas fuerzas. Por lo pronto, Anton solo tenía un objetivo. Quería ser supervisor. Ahora lo era otro, un estudiante «menos bueno» que, sin embargo, era el mayor de la clase y cuya edad respetable había despertado la confianza de los profesores. El supervisor era una especie de suplente del maestro. En su ausencia, el alumno distinguido tenía que vigilar a sus compañeros, apuntar a los ruidosos e informar al profesor, mantener la pizarra reluciente, la esponja húmeda y las tizas afiladas, recolectar dinero para cuadernos, tinteros y para reparar paredes agrietadas y ventanas rotas. Al pequeño Anton le imponía un cargo así. En noches de insomnio, urdía planes furiosos, ardientes de venganza, cavilaba sin descanso sobre cómo derrocar al supervisor y hacerse cargo de aquel puesto tan honorable. Un día lo averiguó.

El supervisor tenía una extraña predilección por las tintas y los lápices de colores, los canarios, las palomas y los pollitos. Era fácil corromperle con regalos de ese tipo y quien se los daba podía hacer tanto ruido como le pidiese el cuerpo sin que le denunciara. Esto fue lo que Anton quiso aprovechar. Él mismo nunca hacía regalos. Pero también había otro chico que no pagaba tributo. Era el más pobre de la clase. Como el supervisor no podía denunciar a Anton, pues a Anton no había forma de atribuirle una travesura, el otro pobre era la víctima diaria de su furia delatora. Aquí Anton podía hacer un negocio redondo. Nadie sospecharía que quería convertirse en supervisor. No, si adoptaba a aquel chico pobre y apaleado sin tregua y le chivaba al profesor la vergonzosa corruptela del joven tirano, se diría que su comportamiento había sido justo, honesto y valiente. Después, solo Anton tendría posibilidades de ocupar la vacante. Así que un día se armó de coraje y desacreditó al supervisor. Tras la correspondiente administración de latigazos, este fue relevado del cargo y a Anton Wanzl se le nombró solemnemente «supervisor» en su lugar. Lo había conseguido.

A Anton Wanzl le gustaba mucho sentarse en la cátedra negra. Era una sensación deliciosa, otear la clase desde una altura respetable, garabatear con el lápiz, distribuir aquí y allá amonestaciones y jugar un poco a la Providencia al anotar a los alborotadores desprevenidos, impartir justicia y saber con antelación a quién alcanzaría el destino implacable. El profesor te tomaba confianza, te permitía llevar los cuadernos de ejercicios, parecías importante, disfrutabas de una reputación. Pero la ambición de Anton Wanzl no descansaba. Siempre tenía un nuevo objetivo en el horizonte. Y en él trabajaba con todas sus fuerzas.

De ningún modo podía decirse que fuera un adulón. Ante los demás conservaba siempre la dignidad, cada una de sus pequeñas acciones estaba bien pensada, dedicaba a los profesores discretas atenciones con un orgullo sereno, los ayudaba con el gabán sin perder la expresión severa y sus halagos no llamaban la atención y tenían carácter de acto oficial.

En casa lo llamaban con el diminutivo austríaco, «Tonerl», y lo consideraban una persona respetable. Su padre tenía la típica personalidad de un cartero de provincias, medio funcionario, medio secretario íntimo y confidente de variados secretos familiares, algo digno, algo servil, un poco orgulloso, un poco necesitado de propinas. Tenía el característico andar encorvado de los carteros, arrastraba los pies, era pequeño y flaco como un sastrecillo, llevaba una gorra oficial un poco grande y unos pantalones demasiado largos, pero, por lo demás, era una persona respetada y entre sus superiores y conciudadanos gozaba de cierta reputación.

El señor Wanzl le profesaba a su único hijo una gran admiración, como solo la sentía por el señor alcalde y por el señor jefe de correos. Sí, pensaba el señor Wanzl a menudo, en sus tardes ociosas de domingo: el señor jefe de correos no es más que un jefe de correos. ¡Pero a qué altas cotas podrá llegar mi Anton! ¿Alcalde, director de instituto, gobernador de distrito o —aquí el señor Wanzl pegaba un buen respingo— por qué no ministro? Cuando compartía estas reflexiones con su esposa, ella se llevaba los extremos del mandil azul a los ojos, primero el derecho, después el izquierdo, suspiraba un tanto y se limitaba a decir: «Ya, ya». Pues la señora Margarethe Wanzl sentía un respeto enorme por su marido y su hijo y, si ya ella valoraba a un cartero por encima de todo, ¿qué iba a pensar entonces de un ministro?

El pequeño Anton pagaba con muchísima obediencia a sus padres el cuidado y el amor que le profesaban. Por supuesto, no le resultaba muy difícil, pues, como sus padres mandaban poco, tenía poco que obedecer. Pero a la par que su ambición por ser el mejor estudiante corría su empeño por que lo llamaran «buen hijo». Cuando su madre lo elogiaba ante otras mujeres, en verano, afuera, delante de la puerta, en el banco de madera de color amarillo huevo, mientras estaba sentado con su libro en la jaula de los pollos, su corazón se henchía de orgullo. No obstante, mantenía la más indiferente de las expresiones, parecía, sumido en sus cosas, no estar escuchando una sola palabra de la conversación de las mujeres. Hasta en esto era Anton un diplomático taimado. Tan inteligente era que no podía ser bueno.

No, Anton Wanzl no era bueno. No albergaba amor, no tenía corazón. Hacía solo lo que le parecía inteligente y práctico. No daba amor ni lo reclamaba. Nunca tuvo necesidad de ternura, de una caricia, nunca se quejaba, nunca lloraba. Anton Wanzl tampoco tenía lágrimas. Pues a un buen chico no se le permite llorar.

Así es como Anton se hizo mayor. O mejor: creció. Pues Anton nunca había sido joven.

Anton Wanzl tampoco cambió en el instituto. Solo se volvió más cuidadoso en su aspecto. Todavía era el alumno aventajado, el chico modélico, aplicado, decente y virtuoso, dominaba todas las materias por igual y no estaba encariñado con ninguna, pues en él no había nada relacionado con el cariño. Sin embargo, declamaba las baladas de Schiller con pathos fogoso y brío artístico, interpretaba obras de teatro en distintas fiestas escolares, hablaba con gran precocidad y sabiduría del amor, pero él mismo jamás se enamoraba e interpretaba el aburrido papel de mentor o pedagogo frente a las muchachas. Pero era un bailarín exquisito, buscado en las celebraciones, de maneras y botas impecables, de comportamiento y pantalones sin mácula, y la pechera de su camisa compensaba en pureza lo que de este rasgo le faltaba a su carácter. A sus compañeros los ayudaba siempre, pero no porque quisiera ayudar, sino por temor a necesitarlos algún día. A sus profesores los seguía ayudando con los gabanes, siempre cerca cuando se lo necesitaba, pero sin llamar la atención, y a pesar de su aspecto enfermizo nunca enfermaba.

Tras pasar con honores la prueba de madurez, las obligadas felicitaciones y los parabienes, los abrazos y besos de sus padres, Anton Wanzl reflexionó sobre la subsiguiente orientación de sus estudios. ¡Teología! Quizás fuera lo mejor para él, su pura hipocresía lo capacitaba. Pero... ¿Teología? ¡Con qué facilidad podía ponerse uno en un compromiso! No, mejor no. Podría hacerse médico, pero no amaba lo suficiente a las personas. Abogado le gustaría, fiscal lo que más, pero la jurisprudencia... no era noble, no se consideraba lo ideal. Uno era idealista, en cambio, si estudiaba Filosofía. O mejor: Literatura. «Profesión de mendigo», solía decirse. Pero al dinero y a la fama uno podía llegar si se daba maña. Y darse maña con algo... eso sí sabía hacerlo Anton.

Así que Anton ya era estudiante universitario. Y el mundo no había visto a uno tan serio. Anton Wanzl no fumaba, no bebía, no se peleaba. Sin embargo, tenía que pertenecer a una hermandad, estaba muy arraigado en su naturaleza. Necesitaba compañeros a los que superar, tenía que brillar, tener un cargo, dar discursos. Y aunque es verdad que los demás miembros de la hermandad se reían en su cara, lo llamaban plomazo y empollón, en secreto respetaban mucho a ese joven que, aunque estaba en sus primeros semestres, tenía ya una vasta sabiduría.

También estaba bien considerado entre los profesores. Se veía a la legua que era listo. Se trataba, por cierto, de una obra de consulta extraordinariamente necesaria, un diccionario andante, conocía todos los libros, autores, fechas, editoriales, estaba al tanto de las ediciones más recientes y mejores, era curioso y un ratón de biblioteca. Tenía también un talento muy acusado para hacer asociaciones, cierto es que un poquito al modo de los papagayos, aunque lo que más agradaba a los profesores era otro don innato y en verdad precioso. Y es que era capaz de asentir con la cabeza durante horas, sin cansarse. Siempre daba la razón. Jamás contrariaba al profesor. Así fue como Anton Wanzl se convirtió en una personalidad conocida en los seminarios. Siempre era complaciente, siempre callado y bien dispuesto, encontraba libros imposibles de encontrar, escribía notas y anuncios de conferencias, y no dejaba de aguantar los gabanes, era el ujier, quien sostenía la puerta y quien acompañaba al profesor.

Solo en un aspecto no se había distinguido aún Anton Wanzl: en el amor. Pero no tenía ninguna necesidad de amor. Aunque, cuando lo pensaba en silencio, le parecía que solo la posesión de una chica le procuraría la más alta consideración entre amigos y compañeros. Solo entonces cesarían las burlas y entonces él, Anton, se pondría en pie, infundiendo respeto, apreciado por encima de todo, inalcanzable, el perfecto modelo de hombre.

También sus inconmensurables ansias de poder reclamaban una criatura que se le entregase por completo, que él pudiese amasar y moldear a su antojo. Hasta ahora, Anton Wanzl solo había obedecido. Por una vez quería mandar. Pero solo una mujer enamorada le obedecería en todo. Había que darse maña. Pero darse maña con algo… eso sí sabía hacerlo Anton.

La pequeña Mizzi Schinagl vendía corsés en Popper, Eibenschütz & Co. Era una jovencita simpática y oscura con ojazos marrones, naricilla impertinente y un labio superior algo corto por el que asomaba una brillante dentadura de ratón. Estaba ya medio prometida, concretamente con el señor Julius Reiner, dependiente y especialista en corbatas y pañuelos, también de Popper, Eibenschütz & Co. Es verdad que aquel joven bien parecido era bastante del gusto de Mizzi, pero ni su cabecita ni aún menos su corazón alcanzaban a imaginarse al señor Julius Reiner como el marido de Mizzi Schinagl. No, de ninguna manera podía convertirse en su marido el mismo joven que, apenas dos años antes, había encajado dos sonoras bofetadas del señor Markus Popper. Mizzi debía tener un esposo a quien admirar, un hombre honorable de más alta posición social. Su esencia genuinamente femenina, cuya delicadeza innata un hombre solo adquiere mediante la educación, le hacía percibir a Mizzi algunos aspectos desagradables, por partida doble, en el especialista en corbatas y pañuelos. Mizzi hubiera preferido un estudiante, uno de los muchos jóvenes con gorros coloridos que, al cierre del negocio, esperaban fuera al personal femenino. A Mizzi le habría encantado que un caballero la abordara en la calle si Julius Reiner no hubiese estado siempre tan horriblemente alerta.

Pero justo entonces su tía, la señora Marianne Wontek, recibió en Josefstadt a un nuevo y adorable huésped. El señor Anton Wanzl era muy serio e instruido, pero también de una educación exquisita, sobre todo hacia la señorita Mizzi Schinagl. Los domingos por la tarde le llevaba el café vespertino a su cuarto y el joven caballero lo agradecía siempre con una palabra amable y una mirada cálida. Sí, en una ocasión la invitó incluso a sentarse, pero Mizzi dio las gracias, murmuró algo como «no-quiero-importunar», se puso colorada y se deslizó algo confusa a la habitación de su tía. Cuando en una ocasión el señor Anton la saludó por la calle y se unió a ella, Mizzi lo acompañó encantada; dio incluso un pequeño rodeo para llegar a su apartamento, acordó una cita para el domingo con Anton Wanzl, estudiante de Filosofía, y a la mañana siguiente se peleó con Julius Reiner.

Anton Wanzl se presentó vestido con sencillez y elegancia, el pelo soso, descolorido, tenía hecha la raya mejor que nunca; una leve excitación se mostraba en el rostro blanco y frío como el mármol. Sentado en el Stadtpark junto a Mizzi Schinagl, hacía grandes esfuerzos por pensar qué debía decir. Jamás se había encontrado en una situación tan funesta. Pero Mizzi sabía conversar. Le contó esto y aquello, anocheció, la lila desprendía sus aromas, el mirlo cantaba, mayo se reía por lo bajo desde un matorral; entonces Mizzi se olvidó de sí misma y dijo de pronto: «Escucha, Anton. Te quiero». El señor Anton Wanzl se asustó un poco, Mizzi Shinagl aún más, quería esconder su carita candente en cualquier sitio, pero no encontró un escondite mejor que la solapa del abrigo del señor Anton Wanzl. Al señor Anton

Wanzl esto no le había pasado nunca; la rígida pechera de la camisa crujió ostensiblemente, pero se recompuso enseguida, ¡alguna vez tenía que pasar!

En cuanto se hubo calmado, se le ocurrió algo extraordinario. «Soy tuyo, eres mía»,[1] citó a media voz. Y a esto añadió una breve exposición sobre el periodo de los trovadores germanos, habló con pathos de Walther von der Vogelweide, arribó a la primera y segunda mutación consonántica, de ahí a la belleza de nuestra lengua materna y, sin solución de continuidad, a la fidelidad de las mujeres alemanas. Mizzi lo escuchó con esfuerzo, no entendió una sola palabra, pero precisamente así era un erudito, así tenía que hablar un hombre como Anton Wanzl. Su exposición le pareció de una belleza pareja al silbido del mirlo y al gorjeo del ruiseñor. Sin embargo, no pudo soportar mucho tiempo tanto amor y tanta primavera e interrumpió la maravillosa exposición de Anton dándole un beso de lo más agradable en los labios finos y pálidos, el cual Wanzl encontró igualmente agradable de corresponder. Pronto le llovieron los besos, de los que el señor Wanzl ni podía ni quería defenderse. Y al final se fueron en silencio a casa, era mucho lo que Mizzi albergaba en su corazón; Anton, aunque discurría sin descanso, no supo encontrar las palabras adecuadas al momento. Estaba feliz cuando Mizzi, tras una docena de besos y abrazos ardientes, lo liberó al fin.

---

[1] *«Ich bin dîn, du bist mîn»*. Referencia al primer verso de un popular poema anónimo del siglo XII escrito en alto alemán medio. *(N. del T.)*.

Desde ese día memorable se *amaron* el uno al otro.

El señor Anton Wanzl encontró pronto su rutina. Entre semana se dedicaba al estudio y los domingos al amor. Halagaba su orgullo que algunos miembros de la hermandad le hubieran visto con Mizzi y lo hubieran saludado con una sonrisa ambigua. Era aplicado y perseverante y en poco tiempo era ya doctor.

Llegó al instituto como «candidato en pruebas», los padres le aclamaron y felicitaron por carta, los profesores le recomendaron «fervientemente», el director le dio una bienvenida calurosa.

El director del II Instituto Imperial y Real de Educación Secundaria era el consejero áulico Sabbäus Kreitmeyr, un filólogo de fama, con muchos contactos, como suele decirse, querido por los alumnos, bien visto por sus superiores y relacionado con la alta sociedad. Su mujer, Cäcilie, sabía cómo llevar una gran casa, organizaba veladas y bailes cuyo objetivo era casar a la única hijita del director, a quien este había llamado con el nombre algo inapropiado de Lavinia. El consejero áulico Sabbäus Kreitmeyr, como la mayoría de los eruditos chapados a la antigua, era un calzonazos, le parecía bien todo lo que su honorable esposa disponía y creía en ella como se cree en las sagradas reglas de la gramática latina. Su Lavinia era una niña muy obediente, no leía novelas, se ocupaba solo de mitología grecolatina y estaba enamorada, no obstante, de su joven profesor de piano, el virtuoso Hans Pauli.

Hans Pauli era un artista nato. La ingenua naturaleza infantil de Lavinia le fascinaba. Aún no tenía propiamente experiencia en el amor, Lavinia era la primera criatura del sexo femenino con la que se había sentado durante horas, en ella encontraba una admiración que no se le dispensaba a menudo; y aunque no podía decirse que la hija del consejero áulico fuese hermosa —tenía la frente un poco ancha y ojos acuosos, descoloridos—, tampoco podía decirse, siquiera por sus bellas proporciones, que fuese precisamente fea. Hans Pauli soñaba además con una mujer alemana, valoraba mucho la fidelidad y exigía, como la mayor parte de los artistas, una mujer femenina con quien pudiera desahogar sus humores y encontrar además consuelo y reposo. Lavinia le pareció la más apropiada y, como a su alrededor aún flotaba el encanto de la juventud en flor, su fantasía de artista le jugó una mala pasada y el incipiente virtuoso de fama se enamoró al instante de la señorita Lavinia Kreitmeyr.

La primera noche que pasó en casa de los Kreitmeyr, el señor Anton Wanzl ya reparó en cómo eran las cosas entre ambos. Lavinia Kreitmeyr no le gustó en absoluto. Pero el instinto con que siempre están dotados los alumnos aventajados de la vida le indicó que Lavinia sería una mujer de lo más apropiada para él y el señor consejero áulico un suegro aún mejor. A ese ridículo artista podía mandarlo sin problema a tomar viento. Solo había que darse maña. Y darse maña con algo… eso sí sabía hacerlo Anton.

El señor Anton Wanzl tardó media hora en averiguar que era Cäcilie quien llevaba la voz cantante en la casa. Si quería la mano de la señorita Lavinia, tenía sobre todo que ganarse el corazón de la madre. Y como sabía más de entretener a viejas matriarcas que de hacer lo propio con jóvenes muchachas, combinó, de acuerdo a la vieja regla latina, lo *dulce* y lo *utile* y le hizo la corte a la señora del director. Le dedicaba los mismos tiernos halagos que Pauli, en su pura necedad, le habría dedicado a la señorita Lavinia. Y así no tardó en conquistar el corazón de la señora Cäcilie Kreitmeyr. Con su rival, Hans Pauli, Anton mostraba una audaz cortesía irónica. Al músico su sensibilidad artística le revelaba con quién estaba tratando. Él, el necio, el niño, tenía calado a Anton Wanzl mejor que cualquier profesor u hombre sabio. Pero Hans Pauli no era diplomático. Expresaba siempre su opinión a Anton Wanzl sin cortapisas. Anton permanecía frío y objetivo, Pauli se calentaba, Anton salía presto al campo de batalla con su armamento de erudición y a esas armas nada podía oponer Hans Pauli, pues, como tantísimos músicos, no tenía grandes conocimientos, su patosa naturaleza soñadora aplastaba en él lo que en sociedad se llama «espíritu», así que no le quedaba otra que batirse en retirada avergonzado.

Es cierto que la señorita Lavinia suspiraba por Bach y por Beethoven y por Mozart, pero, como buena hija de un filólogo de fama, sentía una veneración igual de grande por la ciencia. Hans Pauli le había parecido un

Orfeo a quien Flora y Fauna tenían que escuchar con atención. Pero ahora había venido un Prometeo y había traído directamente el fuego del Olimpo a casa del consejero áulico Kreitmeyr. Hans Pauli se había puesto en evidencia varias veces y apenas contaba en sociedad. A Anton Wanzl, además, el consejero áulico lo tenía en la más alta estima y mamá le cubría de elogios. Lavinia era una hija obediente. Así que, cuando un día el señor Kreitmeyr le aconsejó entregar su mano para siempre al Dr. Wanzl, respondió: «Sí». Idéntico «sí» le fue dado escuchar al felicísimo Anton cuando, humildemente, le hizo la petición a la señorita Lavinia. Se fijó el compromiso para un día preciso, el del cumpleaños de Lavinia. Hans Pauli comprendió entonces la tragedia de su vida de artista. Le sumió en la desesperación que ella hubiese preferido a un Anton Wanzl cualquiera antes que a él, odiaba a los hombres, el mundo, a Dios. Se subió a un vapor y se fue a América, tocó en cines y espectáculos de varietés, se convirtió en un genio malogrado y al final murió de hambre en plena calle.

Una maravillosa tarde de julio se celebró el compromiso en casa del consejero áulico. La señora Cäcilie crujía en un vestido de seda gris, el señor consejero áulico Kreitmeyr se sentía incómodo en un frac que le sentaba mal y tiraba ora de la corbata ladeada, ora de los impecables puños postizos. El señor Anton resplandecía de alegría junto a la novia algo seria, vestida en colores claros; se convocaron brindis y se respondieron, sonaron las copas, retumbaron los vítores a través de las ventanas abiertas y se mezclaron con los bocinazos de los coches.

Afuera, las ondas del Danubio susurraban su canción inmemorial sobre crecer y morir. Llevaban consigo las estrellas y las nubecillas blancas, el cielo azul y la luna. En los setos de jazmín de intensos aromas yacía la noche y detenía el viento en sus brazos suaves para que ni el más leve soplo de aire anduviese por el sofocante mundo.

Mizzi Schinagl estaba en la orilla. No temía las aguas profundas y oscuras que tenía a sus pies. Dentro, todo sería agradable y suave, no se chocaría contra cantos y esquinas como pasaba arriba, en la tierra estúpida, y solo habría peces, criaturas mudas que no podían mentir, mentir terriblemente como los malvados seres humanos. ¡Peces mudos! ¡Mudos! También su hijito fue mudo, nació muerto. «Es mejor así», había dicho la tía Marianne. Sí, claro, realmente era lo mejor. ¡Y la vida era tan hermosa! Hoy hace un año. Sí, si el niño viviera, debería vivir también ella, la madre. ¡Pero ahora! El niño estaba muerto, y la vida muerta igual...

De pronto atravesó el silencio de la noche una canción entonada por profundas voces de hombres. Cánticos de las fraternidades, viejas canciones..., eran estudiantes. ¿Eran todos los estudiantes así? ¡No! ¡Wanzl no era así! ¡Ni siquiera era un estudiante como Dios manda! ¡Sí, ella lo conocía bien! ¡Un cobarde es lo que era, un hipócrita, un impostor! ¡Cómo lo odiaba!

Las canciones sonaban cada vez más cercanas. Se oían claramente los pasos.

Los miembros de la hermandad de Anton volvían de una fiesta de verano. El señor Xandl Hummer, estudiante de leyes, cerca ya de los cuarenta, en su decimoctavo semestre, apodado Barril de cerveza, no se emborrachaba fácilmente y en ese momento tomaba impulso con brío. Sus ojillos atisbaban a lo lejos, en la orilla, una figura femenina.

—¡Epa! Camaradas, hay una vida que salvar —dijo—. Señorita —alzó la voz—, ¡espere un momento! ¡Ya llego!

Mizzi Schinagl lanzó una mirada turbia a la cara hinchada de Xandl. Una idea repentina le atravesó la mente. Y si…, sí, claro, ¡se vengaría! ¡Se vengaría del mundo, de la sociedad!

Mizzi Schinagl se rio. Una risa chillona, penetrante. Así se reía una…, pensó. Aún echó un último vistazo al agua. Y después se quedó un rato mirando fijamente a la nada.

No escuchaba las bromas vulgares del estudiante. Xandl la tomó del brazo. Triunfalmente, se la llevó a su cuchitril.

La mañana siguiente, Barril de cerveza la llevó a la *pensión* de la tía Waclawa Jancic, en el Spittel.

El señor Anton regresó con su joven esposa del viaje de bodas y de las vacaciones. Era un profesor escrupuloso, severo, justo. Crecía a ojos de los superiores, tenía su importancia en la mejor sociedad y estaba trabajando en una obra científica. Su sueldo subía y subía, pasaba de una categoría a la siguiente. Sus padres le habían hecho el favor de morirse casi al mismo tiempo, poco después de su boda. El señor Anton Wanzl, sin embargo, para estupor de todos, pidió que lo trasladaran a su ciudad natal.

Allí administraba el pequeño instituto un viejo director, un hombre despreocupado, soltero, sin mujer ni hijos, que vivía solo en el pasado y no se ocupaba de sus deberes. Sin embargo, le gustaba su puesto, necesitaba ver a su alrededor caras sonrientes y jóvenes, cuidar los árboles del parque grande, que los ciudadanos de la pequeña ciudad le saludaran con respeto. El anciano daba pena a los del consejo escolar provincial, que ya solo esperaban su muerte.

Anton Wanzl llegó y pronto tuvo en su mano la administración de la escuela. Como era el más antiguo en su rango, se convirtió en secretario, redactaba informes para el consejo escolar, administraba la caja, supervisaba las clases y las reparaciones, imponía orden. De tanto en tanto, iba a Viena y en las veladas que, si bien cada vez con menos frecuencia, aún organizaba su suegra, tenía ocasión a veces de informar de palabra a algún caballero del Gobierno civil. Se le daba a las mil maravillas llamar la atención sobre su trabajo, hablar de su director con un sutil tono compasivo en la voz y acompañar sus palabras con un elocuente encogimiento de hombros. La señora Cäcilie Kreitmeyr hacía lo demás.

Un día, el viejo señor director estaba dando un paseo con su secretario, el Dr. Wanzl, en los hermosos jardines del instituto. El anciano disfrutaba viendo los árboles, de cuando en cuando pasaba a toda prisa un rostro joven y fresco y volvía a desaparecer. El anciano corazón del director se sentía feliz.

En ese momento, apareció el conserje por el paseo, saludó y le entregó una carta muy voluminosa. El señor director abrió el gran sobre blanco con mucho cuidado, sacó la hoja con el gran sello oficial y empezó a leer. Una expresión de horror vivificó de pronto sus rasgos viejos y flácidos. Hizo un movimiento, como si quisiera agarrarse el corazón, se tambaleó y cayó. Pocos minutos después estaba muerto en los brazos de su secretario.

Al señor director Dr. Anton Wanzl le iban bien las cosas. Su ambición dormía desde hacía años. Cierto es que a veces pensaba en la cátedra universitaria que podría haber alcanzado, aunque pronto volvía a dejarlo estar. Se sentía muy satisfecho consigo mismo. Y aún más con las personas. A veces, en el rincón más recóndito de su corazón, se reía de la credulidad del mundo. Pero sus labios pálidos permanecían cerrados. Ni siquiera solo, entre sus cuatro paredes, reía en alto. Temía que los muros tuviesen no solo oídos, sino también ojos, y pudieran traicionarlo.

No tenía niños, tampoco los deseaba. Era el amo de la casa, su esposa lo tenía en un pedestal, sus alumnos lo veneraban. Pero hacía años que no iba a Viena.

Allí le había ocurrido una gran fatalidad. Volviendo una noche de la ópera con su mujer, le salió al paso en una esquina una mujerzuela emperifollada, lanzó una mirada a Lavinia y se rio estridentemente. Durante mucho tiempo resonó esa risa salvaje en los oídos del señor Anton Wanzl.

El director Wanzl aún vivió feliz una larga temporada junto a su mujer. Pero, poco a poco, sus fuerzas, que tanta tensión habían soportado, fueron cediendo. Su sobrecargado organismo se vengaba. Su debilidad, tanto tiempo contenida por el poder de una voluntad rigurosa, se manifestó de pronto. Una pulmonía severa mandó a Anton Wanzl a un hospital que ya no abandonaría. Después de algunas semanas de graves sufrimientos, Anton Wanzl murió.

Vinieron todos los alumnos, todos los habitantes de la pequeña ciudad, coronas con lazos negros cubrían la tumba, se dieron discursos, se pronunciaron palabras de despedida.

Pero Anton Wanzl yacía dentro, en lo más profundo del ataúd negro de metal, y reía. Anton Wanzl reía por primera vez. Se reía de la credulidad de las personas, de la estupidez del mundo. Ahí podía reír. Las paredes de su caja negra no podían traicionarle. Y Anton Wanzl reía. Reía fuerte y de todo corazón.

Sus alumnos insistieron en poner a su venerado y querido director una lápida de mármol. Sobre ella, bajo el nombre del finado, estaban los siguientes versos:

«¡Practica siempre la lealtad y la honradez / hasta la fría tumba!».[2]

---

[2] «*Üb ,immer Treu und Redlichkeit / Bis an dein kühles Grab*». Primeros dos versos del poema «Der alte Landmann an seinen Sohn», de Ludwig Christoph Heinrich Hölty, que se consideraba un compendio de las virtudes prusianas. *(N. del T.).*

BARBARA
(1918)

Se llamaba Barbara. ¿Acaso no evoca su nombre duras labores? Tenía una de esas caras femeninas que parecen no haber sido nunca jóvenes. Su edad tampoco podía adivinarse. El rostro curtido descansaba sobre unos cojines blancos entre los cuales se distinguía tan solo por una suerte de tono arenoso gris amarillento. Los ojos sin brillo volaban de aquí para allá como pájaros extraviados en el desorden de la cama; a veces, sin embargo, esos ojos se paraban en seco; se quedaban fijos en algún punto oscuro del techo blanco de la habitación, un agujero o una mosca que reposaba. Entonces Barbara reflexionaba sobre su vida.

Barbara tenía diez años cuando su madre murió. El padre había sido un comerciante acaudalado, pero empezó a jugar y perdió consecutivamente el dinero y el comercio; después siguió sentado en la taberna, jugando. Era alto y flaco y llevaba siempre las agarrotadas manos hundidas en los bolsillos del pantalón. Uno no sabía: ¿quería de ese modo aferrarse al dinero que le quedaba o más bien cuidarse de que alguien le metiera la mano en el bolsillo y se cerciorase del contenido o de la ausencia del mismo? Le encantaba sorprender a los conocidos y, cuando a sus compañeros de cartas les parecía que ya lo había perdido todo, para asombro general, aún sacaba algún objeto de valor, un anillo u otro tipo de alhaja, y seguía jugando. Al final, murió una noche de repente, sin preparativos, como si quisiera sorprender al mundo. Cayó al suelo como un saco vacío y se murió. Pero las manos, eso sí, las dejó en los bolsillos y hubo que esforzarse para sacárselas con fuertes tirones. Solo entonces se vio que tenía los bolsillos vacíos y que lo más probable es que hubiera muerto, únicamente, porque ya no podía jugarse nada.

Barbara tenía dieciséis años. Se fue con un tío, un comerciante de cerdos gordinflón cuyas manos se parecían a los cojines que estaban esparcidos a docenas por su salón, con frases bordadas como «dulces sueños» o «solo media horita». El tío le acariciaba las mejillas y Barbara sentía como si cinco cerditos se deslizasen por su cara. La tía era una señora alta, flaca y seca como una profesora de piano. Tenía unos grandes ojos saltones que brotaban de las cuencas como si no pudieran estarse quietos en el cráneo y quisieran marcharse todo el rato de paseo. Eran de un color verdoso claro, de ese verde desagradable que tienen los vasos baratos. Con esos ojos veía cuanto pasaba en la casa y en el corazón del comerciante de cerdos, sobre el cual, por cierto, ejercía un grandísimo poder. La tía empleaba a Barbara «hasta donde podía», pero los resultados no siempre eran satisfactorios. Barbara tenía que estar muy atenta de no tirar nada, pues, en tal caso, los ojos verdes de su tía se precipitaban como impetuosas olas sobre el rostro incandescente de Barbara.

Cuando Barbara tenía veinte años, su tío la emparejó con un amigo suyo, un maestro carpintero huesudo y de manos anchas, callosas, tan pesadas y macizas como una garlopa. En la ceremonia de compromiso, aquel hombre machacó la mano de Barbara hasta hacérsela crujir, aunque pudo salvar a duras penas del poderoso puño un haz de dedos exánime. Después, el hombre le dio un enérgico beso en la boca. Así quedó definitivamente sellado el compromiso.

La boda, que se celebró poco después, transcurrió correctamente y conforme a lo previsto; hubo un vestido blanco y mirtos verdes, un discurso breve y untuoso del cura y un brindis asmático del comerciante de cerdos. El feliz carpintero rompió algunas de las mejores copas y los ojos de la mujer del comerciante se precipitaron sobre su figura huesuda, pero esto no le afectó lo más mínimo. Barbara permanecía allí sentada, como si estuviera en la boda de una amiga. No tenía ninguna intención de enterarse de que era esposa. Aunque, al final, se enteró. Más tarde, cuando se convirtió en madre, empezó a ocuparse mucho más del niño que del carpintero, a quien, no obstante, llevaba el almuerzo todos los días al taller. Por lo demás, aquel extraño de manos fuertes no la molestaba. Parecía tener la salud de un roble, olía siempre a virutas frescas y era taciturno como uno de esos bancos que hay junto a la chimenea. Un día, en su taller, le cayó una pesada viga en la cabeza y lo mató en el acto.

Barbara tenía veintidós años, no era fea que digamos, ahora era maestra carpintera y había oficiales que de buena gana ascenderían a maestros a su lado. El comerciante de cerdos fue a verla y, para consolarla, sacó a pasear por las mejillas de Barbara a los cinco cerditos. Le habría encantado ver a su sobrina casándose de nuevo. Pero Barbara, aprovechando una buena ocasión, vendió el taller y empezó a trabajar desde casa. Zurcía calcetines, tejía bufandas de lana y así se ganaba el pan para ella y su hijo.

Barbara vivía tan solo para su hijo. Era un niño fuerte, que había heredado los huesos fuertes del padre, pero le gustaba mucho chillar y agitaba todos los miembros con tal celeridad que Barbara pensaba a menudo que el niño tenía por lo menos una docena de piernecitas y brazos rollizos. El pequeño era feo, de una fealdad francamente robusta. Pero Barbara no veía nada feo en él. Estaba orgullosa y satisfecha, y ensalzaba ante todas las vecinas las cualidades de su espíritu y de su intelecto. Cosía gorritos y lazos coloridos para el niño y se pasaba domingos enteros acicalándolo. Con el tiempo, no obstante, dejó de alcanzarle lo que ganaba y tuvo que buscarse otra fuente de ingresos. Se dio cuenta entonces de que su piso era, en realidad, demasiado grande. Así que colgó en el portal un cartel donde ponía, con unas letras extrañas y desvalidas que amenazaban con desprenderse del papel en cualquier momento y romperse en mil pedazos contra los duros adoquines, que se alquilaba un cuarto de la casa. Llegaban distintos inquilinos, extraños que traían consigo un aliento frío al apartamento, se quedaban un tiempo y después su destino los barría a otro lugar. Más tarde, venían otros nuevos.

Pero un día, era a finales de marzo y sobre los tejados chispeaba, llegó él. Se llamaba Peter Wendelin, era pasante en el despacho de un abogado y tenía unos ojos marrón dorado que desprendían un brillo bondadoso. Sin causar molestia alguna, deshizo rápidamente las maletas y se instaló.

Se quedó hasta abril. Salía de casa temprano y regresaba por la noche. Pero un día no salió. Su puerta estaba cerrada. Barbara llamó y entró, y se encontró al señor Wendelin tumbado en la cama. Estaba enfermo. Barbara le trajo un vaso de leche caliente, y en sus ojos marrón dorado asomó un brillo alegre y cálido.

Con el tiempo, se generó entre ellos una suerte de intimidad. El hijo de Barbara era un tema inagotable de conversación. También hablaban, por supuesto, de muchas otras cosas. Del tiempo y de las noticias. Pero era como si, tras las conversaciones corrientes, se escondiera algo completamente distinto, como si las palabras cotidianas fuesen solo cáscaras de algo extraordinario, maravilloso.

Parecía que el señor Wendelin llevara ya mucho tiempo curado y listo para volver al trabajo, como si siguiera en la cama más tiempo del necesario solo por gusto. Aunque al final tuvo que levantarse. Era un día caluroso y soleado, y cerca había unos modestos jardines. Aunque se veían tristes y polvorientos, allí encajados entre muros grises, los árboles habían empezado ya a reverdecer. Y si uno se olvidaba de las casas de alrededor, podía creer durante un rato que estaba sentado en un hermoso parque de verdad. Barbara iba a ese parque de vez en cuando con su hijo. Aquel día, el señor Wendelin los acompañó. Era primera hora de la tarde, el joven sol besaba un banco cubierto de polvo y ellos conversaban. Pero sus palabras eran de nuevo solamente cáscaras, y, cuando caían, un silencio desnudo los rodeaba y en ese silencio vibraba la primavera.

En una ocasión, resultó que Barbara tuvo que pedirle un favor al señor Wendelin. Era una pequeña reparación del gancho de una vieja lámpara, y el señor Wendelin colocó una silla sobre la mesa, que estaba coja, y se subió al dudoso andamio. Barbara estaba debajo, sosteniendo la mesa. Cuando terminó, el señor Wendelin se apoyó de improviso en el hombro de Barbara y saltó. Una vez que estuvo en el suelo, ya con tierra firme bajo los pies, el señor Wendelin siguió agarrado al hombro de Barbara un buen rato. Ninguno sabía cómo había llegado a esa situación, pero el caso es que se quedaron así, sin moverse, mirándose fijamente el uno al otro. Estuvieron así unos segundos. Los dos querían hablar, pero tenían un nudo en la garganta, no eran capaces de pronunciar palabra, era como en esos sueños en que uno quiere gritar pero no puede. Estaban pálidos. Por fin, Wendelin se armó de valor. Cogió a Barbara de la mano y dijo alterado: «¡Tú!». «¡Sí!», dijo ella, y fue como si hasta entonces no se hubieran reconocido, como si hubieran estado juntos en un baile de disfraces y solo en ese momento se hubieran quitado las máscaras.

Lo sintieron como una liberación. «¿De verdad? ¿Barbara? ¿Tú?», balbuceó el señor Wendelin. Ella abrió la boca para decir «sí», pero, de pronto, el pequeño Philipp se cayó con estrépito de una silla y empezó a gritar de dolor. Barbara tuvo que dejar allí plantado a Wendelin y se apresuró adonde estaba el niño para consolarlo. Wendelin la siguió. Cuando el pequeño se hubo calmado y en la habitación revoloteaba tan solo algún barboteo residual, Wendelin dijo: «¡Ya volveré mañana! ¡Adiós!». Agarró su sombrero y se fue y la luz del sol lo rodeó cuando, en el umbral de la puerta, miró una vez más a Barbara.

Al quedarse sola, Barbara rompió a llorar en voz alta. Las lágrimas la aliviaron, fue como recostarse en un pecho caliente. Se dejó acariciar por la compasión que tenía de sí misma. Hacía mucho tiempo que no le iba tan bien, ahora se sentía como un niño que, largo tiempo después de haberse perdido en el bosque, llegaba de nuevo a casa. Se había demorado vagando por el bosque de la vida y ahora, por fin, había regresado a casa. Desde una esquina del cuarto, el crepúsculo se arrastraba tejiendo un velo tras otro sobre todos los objetos. Por la calle, la noche ya hacía su ronda y una sola estrella daba luz a través de la ventana. Barbara seguía sentada, suspirando quedamente para sí misma. El niño estaba adormecido en una vieja butaca. De pronto, se movió en sueños y Barbara volvió en sí. Encendió la luz, llevó al niño a la cama y después se sentó a la mesa. La luz clara y mesurada de la lámpara le permitió pensar con claridad y sosiego. Reflexionó sobre todo, pensó en su vida hasta entonces, vio a su madre, a su padre, cómo este se había quedado tendido indefenso en el suelo; vio a su marido, el corpudo carpintero; pensó en su tío y volvió a sentir los cinco cerditos en la cara.

Pero una y otra vez volvía a ver a Peter Wendelin con el brillo del sol en sus ojos bondadosos. Seguro que al día siguiente le decía «sí» a aquel buen hombre, cuánto lo quería. Pero ¿por qué no le había dicho ya hoy que sí? ¡Ajá! ¡El niño! De pronto, sintió una especie de ira contenida creciendo en su interior. Duró solo una milésima de segundo e inmediatamente después se sintió como si hubiera asesinado a su hijo. Se apresuró a la cama para asegurarse de que no le había ocurrido ninguna desgracia. Se inclinó sobre él, lo besó y, con la mirada desvalida, le pidió perdón. Después pensó hasta qué punto iba a cambiar todo. ¿Qué ocurriría con el niño? Tendría a un extraño por padre, ¿acaso podría quererlo? ¿Y ella? ¿Podría ella? Después vendrían otros niños a quienes querría más… ¿Era posible algo así? ¿Querer más a alguien? No, se quedaría con él, con su pobrecito niño. De pronto, le pareció como si al día siguiente fuese a abandonar a su pobre y desvalida criatura para trasladarse a otro mundo. Lo dejaría atrás… No, ella no se va a ningún lado, intenta consolarse ahora, todo va a salir bien. Pero, una y otra vez, la corazonada vuelve. Lo ve, sí, claro que lo ve: cómo abandona a la pobre criatura. Incluso ella se va a ir con un hombre extraño. ¡Pero es que en realidad no es un extraño!

En ese momento, el niño empieza a gritar en sueños. «¡Ma-ma! ¡Ma-ma!», balbucea. Barbara se pone a su lado y él estira los bracitos hacia ella. ¡Ma-ma! ¡Ma-ma! Suena como un grito de socorro. ¡Su niño! Llora así porque va a abandonarlo. ¡No! ¡No! Se quedará para siempre con él.

De repente, su decisión ya está tomada. Saca del cajón el recado de escribir y traza con esfuerzo sobre la hoja unas letras defectuosas. No está alterada, está completamente tranquila, se esfuerza incluso para que su escritura sea lo más hermosa posible. Después, sostiene la carta ante los ojos y la lee una vez más.

«No queda otra. ¡Es por mi hijo!». Mete el papel en un sobre y recorre el pasillo a hurtadillas hasta la puerta de Wendelin. Lo encontrará mañana.

Vuelve, apaga la lámpara, pero no es capaz de conciliar el sueño y se pasa la noche mirando por la ventana.

Peter se mudó al día siguiente. Estaba cansado y destrozado, como si él mismo hubiese arrastrado todas sus maletas, y ya no había ningún brillo en sus ojos marrones. Barbara se quedó todo el día en su habitación. Pero, antes de irse definitivamente, Peter Wendelin regresó con un ramito de flores silvestres, que dejó en silencio sobre la mesa de Barbara. Había un llanto contenido en la voz de ella; cuando le dio la mano para despedirse, temblaba un poco. Wendelin echó un último vistazo a la habitación y apareció de nuevo en sus ojos el brillo dorado; después se fue. Al otro lado, en el parquecito, un mirlo cantaba; Barbara se quedó sentada en silencio, escuchando. Afuera, en el portal, el viento de primavera volvía a agitar el cartel con el anuncio del apartamento.

Los inquilinos y los meses llegaban y partían, Philipp se había hecho mayor y ya iba a la escuela. Sacaba buenas notas y Barbara estaba orgullosa de él. Le auguraba un gran futuro y ella iba a hacer todo lo que estuviese en su mano para que estudiara. Al cabo de un año, tuvieron que decidir si Philipp aprendería un oficio o si iría al instituto. Barbara quería que su hijo llegara aún más lejos. Tantos sacrificios no podían haber sido en vano.

Todavía pensaba en Peter Wendelin de vez en cuando. Aún tenía la tarjeta de visita amarillenta que él se había olvidado junto a la puerta y las flores que le había regalado al despedirse, todo ello cuidadosamente conservado en el interior del libro de oraciones. No solía rezar, pero los domingos abría el libro por el pasaje donde guardaba las flores y la tarjeta y se deleitaba un buen rato en los recuerdos.

Sus ingresos no le alcanzaban y empezó a vivir del pequeño capital que le quedaba de la venta del taller.

Pero aquello no podía durar demasiado, así que tuvo que buscar nuevas oportunidades de ganar dinero. Se hizo lavandera. Salía muy temprano y a mediodía arrastraba de vuelta a casa un pesado bulto de ropa sucia. Se pasaba la mitad del día expuesta al tufo del lavadero y era como si los vapores de toda aquella mugre se le depositaran en el rostro.

Su piel se volvió pálida, de color arenoso, y una densa red de arrugas finísimas le temblaba alrededor de los ojos. El trabajo le deformó el cuerpo, se le agrietaron las manos, la piel se le plegaba flácida en las puntas de los dedos a causa del agua caliente. Incluso cuando no llevaba ningún bulto, caminaba encorvada. El trabajo era una pesada losa que cargaba a la espalda. Pero en su boca acibarada aún se desplegaba una sonrisa en cuanto veía a su hijo.

Ahora, felizmente, había conseguido arrastrarlo al instituto. El chico no aprendía con facilidad, pero retenía cuanto escuchaba y sus profesores estaban contentos con él. Cada nota que llevaba a casa era motivo de celebración para Barbara, que nunca perdía la ocasión de dar a su hijo pequeñas alegrías: caprichos, por así decirlo, que hubo de comprar a costa de grandes sacrificios. Philipp ni lo sospechaba, el muchacho tenía la piel gruesa. Apenas lloraba, perseguía enérgicamente sus objetivos y hacía sus tareas con una especie de impulso físico, como si cepillara un tablón de roble con una garlopa. Era muy hijo de su padre y a su madre no la comprendía en absoluto. La veía trabajar, pero para él era algo que se daba por sentado, no tenía la sensibilidad suficiente para percibir el sufrimiento depositado en el alma de su madre y en cada sacrificio que hacía por él.

Los años pasaron entre los vapores de la colada sucia. En el alma de Barbara fue apareciendo poco a poco una indiferencia, una fatiga apática. Su corazón aún vivía ciertas celebraciones tranquilas, entre las cuales se contaban el recuerdo de Wendelin y alguna calificación escolar de Philipp. Su salud estaba muy perjudicada, cada poco tenía que detenerse en el trabajo de tanto como le dolía la espalda. Pero ni una sola queja salía de su boca. Aunque de haber salido, habría resbalado igualmente por la piel de elefante de su hijo.

A él le había llegado el momento de pensar en un oficio. Para continuar sus estudios, faltaba dinero; para encontrar un puesto decente, le faltaba un buen padrino. Philipp no tenía un cariño especial por ningún oficio; en su interior, en realidad, no había cariño alguno. La Teología le parecía lo más cómodo. Puede que lo admitieran en el seminario y, en tal caso, viviría a sus anchas y de forma independiente. Así pues, en cuanto terminó el instituto, se enfundó el hábito de estudiante de ciencias de la religión. Empaquetó sus pertenencias en un maletín de madera y se mudó a la angosta estancia que contenía su futuro.

Sus cartas eran escasas, secas como virutas. Barbara las leía laboriosa y devotamente. Empezó a frecuentar más la iglesia, no porque sintiera una necesidad religiosa de hacerlo, sino para ver al cura y sustituirlo en el púlpito, mentalmente, por su hijo. Seguía trabajando mucho a pesar de que ya no necesitaba hacerlo; en esto era como un reloj al que hubieran dado cuerda, incapaz de parar mientras los engranajes siguiesen girando. Pero lo cierto es que iba empeorando notablemente. Algunas veces tenía que acostarse y guardar cama durante varios días. La espalda le dolía horrores y una tos seca sacudía su cuerpo demacrado. Y un día apareció la fiebre y se llevó consigo sus defensas.

Estuvo acostada dos o tres semanas. Una vecina iba a ayudarla. Al fin, decidió escribir a Philipp. Ya no podía hacerlo, tenía que dictar. Cuando entregó la carta para que otro la enviara, la besó furtivamente. Ocho largos días después, llegó Philipp. Estaba sano, pero no muy aseado, y vestía un hábito azul. En la cabeza llevaba una especie de chistera. La dejó con suavidad sobre la cama, besó a su madre en la mano y no dio muestra alguna de estar asustado. Le habló sobre su doctorado, le mostró el título de doctor, y estaba tan envarado que él mismo parecía el rígido rollo de pergamino, y el hábito con la chistera, la capsula metálica que lo envolvía. Hablaba de sus trabajos, aunque Barbara no entendía nada. Por momentos, caía en un tono gangoso y exuberante que probablemente había aprendido de sus profesores y después había acomodado a sus necesidades. Cuando las campanas empezaron a sonar, se persignó, agarró un libro de oraciones y estuvo susurrando largo rato con una expresión devota en el rostro.

Barbara, allí tumbada, estaba estupefacta. Se había imaginado algo muy distinto. Empezó a hablar de la nostalgia que sentía y de cuánto había deseado ver a su hijo una última vez antes de morir. En cuanto escuchó la palabra «muerte», Philipp se puso a hablar del más allá y de la recompensa que les esperaba en el cielo a las personas piadosas. En su voz no había dolor, tan solo una suerte de autocomplacencia y la alegría de poder mostrar, junto al lecho de su moribunda madre, todo lo que había aprendido.

A la enferma Barbara le sobrevino un fuerte deseo de despertar en su hijo un poco de amor. Sintió que era la última vez que podría hablar, así que, de pronto, como si un espíritu le insuflara las palabras, comenzó, lentamente y entre titubeos, a hablar del único amor de su vida y del sacrificio que había hecho por su hijo. Al terminar, guardó silencio agotada, pero en su silencio aún temblaba la esperanza. El hijo callaba también. No entendía qué pasaba. No estaba conmovido. Se quedó impasible, rígido, silencioso. Después bostezó disimuladamente y anunció que salía un rato para recobrar fuerzas.

Barbara, allí tumbada, no comprendía. En su interior vibraba tan solo una profunda melancolía, el dolor por una vida desperdiciada. Pensó en Peter Wendelin y sonrió cansada. En la hora de su muerte, aún la abrigaba el brillo de aquellos ojos marrón dorado. Un violento ataque de tos la sacudió. Cuando se le pasó, se quedó tumbada inconsciente. Philipp volvió, vio el estado en que se encontraba su madre y empezó a rezar compulsivamente. Hizo llamar al médico y al sacerdote. Ambos vinieron; las vecinas colmaron de llantos la habitación. Pero, para entonces, Barbara, incomprendida y sin comprender, iba dando tumbos hacia la eternidad.

LA LEYENDA DEL SANTO BEBEDOR
(1939)

I

Una tarde de primavera del año 1934, un señor de edad avanzada descendía los peldaños de piedra que conectan uno de los puentes del Sena con la orilla. Ese es el lugar —todo el mundo lo sabe, pero nunca está de más recordarlo— donde los indigentes de París acostumbran a dormir o, mejor dicho, a tirarse en el suelo.

Uno de aquellos indigentes salió por casualidad al paso de un señor de edad avanzada, que iba por cierto muy bien vestido y daba la impresión de ser uno de esos viajeros que pretenden pasar revista a las curiosidades de las ciudades que visitan. En realidad, tenía el mismo aspecto de descuido y abandono que los demás que convivían con él; en cambio, en el señor trajeado y de avanzada edad despertó, ignoramos por qué, una especial curiosidad.

Era ya por la tarde, como se ha dicho, y bajo los puentes, a la orilla del río, había más oscuridad que a cielo abierto o en el muelle. El indigente con aspecto descuidado titubeó un poco, sin advertir la presencia del señor con traje. En cambio, este, que no titubeaba y dirigía sus pasos con seguridad y en línea recta, sí había visto desde lejos la figura vacilante del otro. Por fin, el señor de edad avanzada le cortó el paso al otro hombre, al desaliñado, y los dos se quedaron uno frente al otro.

—¿Adónde va, hermano? —preguntó el hombre trajeado y de avanzada edad.

El otro lo miró un instante y dijo:

—No sabía que tuviera un hermano y tampoco sé dónde me llevan mis pasos.

—Pues yo se lo mostraré —dijo el señor—, pero le ruego que no se enfade si le pido un favor inusual.

—Estoy dispuesto para el trabajo que sea —respondió el indigente.

—Ya veo que tiene sus defectos, pero es Dios quien lo ha puesto en mi camino. Seguramente tendrá usted, ¡no me lo tome a mal!, necesidad de dinero. Yo en cambio tengo demasiado. ¿Querría decirme francamente cuánto necesita, al menos para salir del paso?

El otro se quedó pensando unos segundos y luego respondió:

—Veinte francos.

—Pero eso es muy poco —repuso el señor—, seguro que necesita doscientos.

El desaliñado dio un paso atrás y dio la impresión de desmayarse; sin embargo, se mantuvo en pie, aunque titubeante, y dijo:

—Por supuesto que prefiero doscientos francos a veinte, pero soy un hombre honrado. Parece que me subestima. No puedo aceptar el dinero que me ofrece por las siguientes razones: primero, no tengo el placer de conocerle; segundo, no sé ni cuándo ni cómo podría devolvérselo; tercero, usted no podría venir a reclamarlo porque no tengo domicilio. Vivo bajo un puente distinto casi cada día. Y, sin embargo, soy, como ya le he dicho, un hombre de honra, eso sí, sin domicilio.

—Tampoco yo tengo domicilio —respondió el hombre de edad avanzada—, yo también vivo cada día debajo de un puente distinto; no obstante, le ruego tenga la amabilidad de aceptar los doscientos francos, una suma, por otra parte, ridícula para un hombre como usted. En cuanto a la devolución, me llevaría mucho tiempo explicar por qué no puedo indicarle un banco donde devolver el dinero. Solo le diré que me he convertido al cristianismo después de leer la historia de la pequeña santa Teresa de Lisieux. Tengo especial devoción por esa pequeña imagen suya que se encuentra en la capilla de Santa María de Batignolles y que podrá ver usted fácilmente. Si acaso un día llega a disponer de esos miserables doscientos francos y su conciencia le obliga a no adeudar esa ridícula suma, entonces diríjase a Santa María de Batignolles y dele el dinero en mano al párroco que acaba de decir misa. De deberle algo a alguien, es a santa Teresita. No lo olvide: en Santa María de Batignolles.

—Ya veo —dijo el indigente— que se ha hecho usted cargo de mi honradez. Le prometo que mantendré mi promesa. Eso sí, solo puedo ir a la iglesia los domingos.

—Entonces un domingo —dijo el señor de más edad.

A continuación, sacó doscientos francos de la billetera y se los tendió al otro hombre, que titubeaba todo el rato.

—Le quedo agradecido.

—Un placer —respondió el otro mientras se perdía en las sombras, porque entretanto había oscurecido del todo allí abajo, mientras que en lo alto, en el puente o en el muelle, ya se encendían las farolas plateadas anunciando la noche gozosa de París.

II

El hombre con traje desapareció también en la oscuridad. Realmente había vivido el milagro de la conversión y había decidido guiar las vidas de los más necesitados. Por eso, ahora vivía bajo un puente.

Respecto al otro, era un bebedor o, para ser más exactos, un borracho. Se llamaba Andreas y vivía al compás del azar, como muchos borrachos. Hacía ya mucho que no disponía de doscientos francos y quizás por eso, porque hacía tanto tiempo, se colocó a la mísera luz de una de las raras farolas bajo los puentes, sacó un trocito de papel y un lápiz roto y se puso a escribir la dirección de santa Teresita y la cantidad de doscientos francos que le debía a partir de aquel instante. Más tarde, subió una de las escaleras que conducen desde la orilla del Sena al puerto. Había allí, lo sabía muy bien, un restaurante, así que entró en él, comió y bebió en abundancia, gastó mucho dinero y hasta se llevó una botella para la noche que pensaba pasar, como de costumbre, bajo el puente. Sí, incluso sacó un periódico de una papelera, pero no para leerlo, sino para cubrirse con él. Porque los periódicos protegen bien del frío; todo indigente lo sabe.

III

A la mañana siguiente, Andreas se levantó más temprano que de costumbre porque había dormido extraordinariamente bien. Después de pensar mucho, se acordó de que el día anterior había vivido un milagro, sí, un verdadero milagro. Y como había pasado una larga y cálida noche al abrigo del periódico y había podido descansar como nunca antes, resolvió ir a lavarse, cosa que llevaba sin hacer muchos meses, todos los más fríos del año. Eso sí, antes de quitarse la ropa, se palpó el bolsillo interior izquierdo de la chaqueta, donde según su recuerdo debía encontrarse aún disponible el resto del milagro. A continuación, buscó un rincón apartado de la orilla del Sena para lavarse al menos la cara y el cuello, pero le pareció que había gente por todas partes, hombres miserables de su misma clase (echados a perder, como los llamó espontáneamente para sus adentros) que podían verlo bañarse, de modo que renunció finalmente a sus intenciones y se contentó con sumergir las manos en el agua. Se puso la chaqueta, volvió a echar mano al billete en el bolsillo interior izquierdo y se sintió ya perfectamente aseado y de veras transformado.

Se adentró así en la nueva jornada, una de aquellas que acostumbraba a malgastar desde tiempo inmemorial. Tenía la intención de ir a la *rue* des Quatre Vents, donde se encontraba el restaurante ruso-armenio Tari-Bari y donde solía invertir el escaso caudal que la suerte le reportaba cada día en bebidas baratas.

Sin embargo, ya en el primer quiosco que encontró, se quedó cautivado por las ilustraciones de algunas revistas semanales, pero también por la súbita curiosidad de saber qué día era: la fecha y el nombre que aquel día llevaba. Así que compró un periódico y comprobó que era jueves. De repente, se acordó de que él había nacido un jueves y, sin mirar la fecha, decidió tomar aquel jueves por el día de su cumpleaños. Y como estaba dominado por la alegría, igual que un niño en un día de fiesta, no dudó ni un instante en hacerse buenos y hasta nobles propósitos y, en lugar de entrar en el Tari-Bari, resolvió ir, periódico en mano, a una buena taberna, pedirse allí un café rociado con ron y comerse una rebanada de pan con mantequilla.

Se encaminó, por tanto, con la cabeza bien alta, pese a los andrajos que llevaba, a un local burgués y se sentó a una mesa; sí, él, que desde hacía tanto acostumbraba tan solo a estar de pie frente al mostrador y a apoyarse en él, esta vez se sentó. Y como delante había un espejo, no pudo evitar mirarse la cara en él y le pareció que volvía a tener nueva conciencia de sí. Pero aquello lo asustaba. Supo al mismo tiempo por qué había tenido tanto miedo al espejo en aquellos últimos años. Y es que no está bien ver la degradación con los propios ojos. Era casi como si todo el tiempo en que no había tenido que mirarse no hubiera poseído un rostro o hubiera conservado aquel rostro anterior a su depravación.

No obstante, lo que más lo asustó fue comparar su aspecto con el de aquellos respetables hombres de la mesa de al lado. Hacía ya ocho años que quien lo afeitaba, mejor o peor, como fuese, era algún compañero de infortunio, dispuesto siempre y en todo lugar a rasurar a un hermano a cambio de una mínima remuneración. Pero ahora que estaba resuelto a llevar una vida nueva, era por fin el momento de darse un buen afeitado. Así que, antes incluso de pedir en el bar, decidió ir a un barbero de verdad.

Y, dicho y hecho, se fue al barbero.

Cuando volvió a la taberna, se encontró con que habían ocupado el sitio donde antes se sentara, por lo que no pudo verse en el espejo más que de lejos. Aunque ya eso le bastó para reconocer que se encontraba cambiado, rejuvenecido y hasta más apuesto. Era como si de su rostro se desprendiera un brillo capaz de volver insignificante la devastación de la ropa que llevaba, la camisa visiblemente rasgada a la altura del pecho o la corbata a rayas blancas y rojas que llevaba alrededor del cuello roto.

Así que nuestro Andreas se sentó y, consciente de su propia renovación, pidió un café con aquella voz firme que había tenido alguna vez y que ahora parecía volver igual que una antigua y querida novia; un café, eso sí, rociado con ron. El camarero se lo sirvió y lo hizo, además, o eso es lo que él creyó ver, con todas las señales de respeto debidas a los clientes honrados. Aquello llenó de especial orgullo a Andreas, hizo que se creciera y lo reafirmó en la creencia de que su cumpleaños era precisamente aquel día.

Un señor que se sentaba al lado del indigente se quedó observándolo largo rato y al fin se volvió para decirle:

—¿Desea usted ganar dinero? Puede trabajar conmigo. Me mudo mañana. Podría ayudar a mi mujer y a los hombres de la mudanza. Me da la impresión de que usted es suficientemente fuerte. ¿Le parece bien?, acepta, ¿verdad?

—Claro que acepto —respondió Andreas.

—¿Y cuánto dinero pide a cambio —preguntó el señor— de dos días de trabajo, mañana y el sábado? Debe saber que tengo una casa muy grande y me mudo a una más grande aún. Y con muchos muebles. Yo tengo que quedarme a trabajar en mi propio negocio.

—Sí, claro, cuente conmigo.

—¿Bebe usted? —le preguntó.

Pidió dos Pernod y ambos brindaron, el señor y Andreas, y estuvieron de acuerdo también en la paga: doscientos francos.

—¿Nos tomamos otra? —preguntó el señor después de haberse bebido el primer Pernod.

—Pero ahora pago yo —dijo Andreas, el indigente—. No me conoce, pero soy un hombre honrado, un verdadero trabajador. Míreme las manos. —Y le enseñó las manos—. Son unas manos sucias, encallecidas, pero manos honradas de trabajador.

—Así me gusta —dijo el señor.

Tenía unos ojos resplandecientes, una cara rosada de niño y, justo en el centro de esta, un bigote pequeño y negro. Era, en suma, un hombre muy afable y a Andreas le cayó en gracia.

Bebieron juntos y Andreas pagó la segunda ronda. Y cuando el hombre con cara de niño se levantó, Andreas pudo comprobar que estaba muy gordo. Sacó una carta de visita de la cartera y anotó su dirección. A continuación, sacó un billete de cien francos de la misma cartera y le tendió ambas cosas a Andreas, diciendo:

—¡Para que no deje de venir mañana!, ¡mañana temprano, a las ocho! No lo olvide, y recibirá también el resto. Y después del trabajo tomamos juntos un aperitivo. Hasta la vista, querido amigo.

Y, dicho esto, el señor se fue, el señor gordo con cara de niño. Pero lo que más había admirado a Andreas era que hubiese sacado la tarjeta de visita y el dinero de una misma cartera.

Así pues, como tenía dinero y la perspectiva de ganar más, pensó que él también quería comprarse una cartera. Y con tal fin se lanzó en busca de una peletería. La primera de las que había en su camino estaba regentada por una muchacha. Le pareció muy bonita tal como estaba, detrás del mostrador, con un vestido negro muy formal, un babero blanco sobre el pecho, rizos en el pelo y una pesada pulsera de oro en la muñeca derecha; y cuando estuvo delante de ella, se alzó el sombrero y dijo contento:

—Buscaba una cartera.

La chica lanzó una mirada furtiva a su pobre indumentaria. Pero no había maldad en sus ojos, solo quería averiguar qué tipo de cliente era, pues en la tienda había billeteras caras, moderadas y muy baratas. Con tal de ahorrarse preguntas superfluas, se subió enseguida a una escalera para bajar una caja de la vitrina más alta, donde guardaban aquellas billeteras que los clientes habían devuelto por otras nuevas. En ese momento, Andreas vio que la joven tenía unas piernas muy hermosas y unos zapatos muy finos y se acordó de aquellos tiempos casi remotos en que también él había podido acariciar unas pantorrillas como aquellas o besar unos pies así. En cambio, de los rostros ya no se acordaba, de los rostros de las mujeres, a excepción de una, una solo, en concreto, aquella por la que había terminado en prisión.

Mientras tanto, la muchacha había bajado la escalera, había abierto la caja y él había podido escoger una de las carteras que estaban más a la vista, sin examinarla siquiera más de cerca. Pagó, se colocó de nuevo el sombrero y sonrió a la joven, que le correspondió con una sonrisa. Guardó distraído la nueva cartera, pero el dinero lo dejó al lado, suelto, dentro del bolsillo. De repente, no le veía sentido a la cartera. Estaba demasiado ocupado pensando en la escalera, en las piernas, en los pies de la muchacha. Por eso, sus pasos se encaminaron a Montmartre para buscar aquellos locales en que antiguamente había satisfecho su deseo. En una callejuela estrecha y empinada encontró la taberna de las mujeres. Se sentó con varias a una mesa, pagó una ronda y escogió a una de las chicas, en concreto, la que se sentaba a su lado. Acto seguido, se fue con ella y, aunque era primera hora de la tarde, se quedó dormido hasta que la mañana despuntaba, porque también los dueños fueron bondadosos y lo dejaron dormir.

A la mañana siguiente, ya viernes, fue a trabajar a la casa del señor gordo. Tenía que ayudar al ama a embalar las cosas. Y aunque los transportistas ya hacían su trabajo, aún quedaban para Andreas tareas bastante complejas y, desde luego, no menos exigentes. A lo largo del día fue sintiendo cómo la fuerza regresaba a sus músculos, por lo que se alegró mucho del trabajo. No en vano, se había hecho mayor trabajando: un minero del carbón como su padre, y también, en parte, un campesino como su abuelo. Sí, habría deseado que la mujer de la casa no lo pusiese nervioso ordenándole cosas sin sentido, mandándolo de acá para allá y manteniéndolo todo el rato con la lengua fuera. Pero, claro, ella también estaba nerviosa. Como es lógico, le costaba trabajo hacerse al cambio y quizás también tenía miedo al nuevo entorno. Estaba de pie, vestida, con el abrigo puesto, guantes, sombrero, un bolsito y un paraguas, y eso que sabía que aún había de pasar el día, la noche e incluso todo el día siguiente en aquella casa. También creía oportuno pintarse de cuando en cuando los labios, y eso le pareció muy distinguido a Andreas. No en vano era una dama.

Andreas trabajó durante todo el día y, cuando hubo acabado, la mujer de la casa le dijo:

—No vaya a llegar tarde mañana: a las siete de la mañana.

Luego sacó del bolso un monederito con monedas plateadas, tomó en sus dedos una moneda de diez francos, pero la volvió a dejar y se decidió finalmente por otra de cinco.

—¡Aquí tiene, una propina!, ¡pero —añadió— no vaya a gastarla toda en bebida y sea puntual mañana!

Andreas dio las gracias, se fue y gastó la propina en bebida, pero solo la propina. Pasó aquella noche en un pequeño hotel.

Lo despertaron a las seis de la mañana y, descansado, se dirigió al trabajo.

IV

Así que, a la mañana siguiente, llegó antes que los propios transportistas. Igual que el día anterior, la mujer estaba allí, totalmente vestida, con sombrero y con guantes, como si no se hubiera acostado en toda la noche. Se dirigió a él amablemente y le dijo:

—Veo que hizo caso ayer de mi advertencia y no se gastó todo el dinero en bebida.

Después, Andreas se puso a trabajar y, más tarde, acompañó a la mujer a la nueva casa a la que se habían mudado. Esperó allí a que llegara el hombre gordo y simpático y este le pagó el dinero prometido.

—Le invitaré a un trago —dijo el señor gordo—, acompáñeme.

Pero la mujer de la casa lo impidió, salió al paso del marido y le dijo:

—Es hora de cenar.

Por eso Andreas se marchó solo, aquella tarde bebió y comió a solas y entró en dos tabernas más para beber sobre el mostrador. Bebió mucho, pero no se emborrachó y tuvo cuidado de no gastar demasiado dinero, porque, considerando su promesa, al día siguiente quería ir a la capilla de Santa María de Batignolles a satisfacer al menos una pequeña parte de la deuda con santa Teresita. En cualquier caso, bebió tanto que no pudo disponer de la vista segura y el sentido aguzado que la pobreza otorga y que él habría necesitado para lograr encontrar un hotel más barato.

Sí, el hotel que encontró fue algo más caro y, además, tuvo que pagar anticipadamente por ir con ropa andrajosa y no llevar equipaje. Pero no le importó y durmió tranquilo hasta el día siguiente. Se despertó con el estruendo de las campanas de una iglesia cercana y enseguida supo que aquel era un día importante: un domingo. Así que debía ir hasta la pequeña santa Teresa para cumplir con su deber. Se deslizó aprisa dentro de la ropa y se encaminó veloz a la plaza donde se encontraba la capilla. Pero, aun así, no pudo llegar a tiempo a misa, la de diez ya había terminado y los fieles salían en tropel en sentido contrario. Preguntó cuándo era la misa siguiente y le respondieron que a las doce. Se sintió algo confundido allí, parado frente a la capilla; tenía una hora entera por delante y de ningún modo quería pasarla en la calle. Miró alrededor para saber dónde era mejor esperar, encontró un local que quedaba a la derecha, enfrente de la capilla, y decidió pasar aquella hora que restaba a su abrigo.

Se pidió un Pernod con la seguridad de un hombre con dinero en el bolsillo y se lo bebió también con esa misma tranquilidad de quien ha bebido muchos en su vida. Se bebió un segundo y un tercero y cada vez se iba sirviendo menos agua. A la cuarta copa, ya no podía siquiera recordar si se había bebido dos, cinco o seis, ni tampoco podía recordar por qué razón había ido a parar a aquel café. Sabía exclusivamente que tenía un deber, una cuestión de honor que cumplir; pagó, se levantó y, pese a todo, pudo dirigirse con paso firme a la puerta. Luego divisó la capilla, enfrente, a mano izquierda, y enseguida supo de nuevo dónde, por qué y para qué se encontraba en aquel lugar. Así que ya se disponía a conducir sus pasos a la capilla, cuando de repente oyó decir su nombre.

—¡Andreas! —dijo una voz, una voz de mujer. Parecía emerger de otro tiempo.

Se detuvo y volvió la cabeza a la derecha, de donde había venido la voz. Enseguida reconoció el rostro, aquel mismo rostro por el que había terminado en prisión. Era Karoline.

—¡Karoline!

Llevaba un sombrero y ropa que no había conocido jamás en ella, pero, no cabía duda, era ella.

Y de buena gana cayó en los brazos que le había tendido en un abrir y cerrar de ojos.

—¡Vaya un encuentro! —dijo. Y sí, sin duda era su voz, la voz de Karoline.

—¿Estás solo? —preguntó.

—Sí —le respondió él.

—Ven, vamos a hablar un rato —dijo ella.

—Pero, pero… —respondió él—. Tengo una cita.

—¿Con una mujer? —preguntó ella.

—Sí —respondió él con timidez.

—¿Con quién?

—Con la pequeña Teresa.

—Bah, esa chica no es para ti —dijo Karoline.

En ese momento, pasó un taxi y Karoline lo llamó con el paraguas. Dio una dirección al chófer y, antes de que Andreas se hubiera dado cuenta, se encontraba ya junto a Karoline, dentro de un coche, y circulaban o, mejor dicho, volaban, como le parecía a Andreas, a través de calles más o menos desconocidas y en dirección a Dios sabe dónde.

Pronto se encontraron en algún lugar fuera de la ciudad. Un verde brillante de comienzos de primavera, de ese color era el paisaje en que fueron a detenerse, o, mejor dicho, el jardín, un jardín detrás de cuyos escasos árboles se disimulaba un restaurante.

Karoline fue la primera en bajar, había pasado por encima de las rodillas de él para adelantarse y pagar y ahora estaba fuera y se movía con decisión, como era costumbre en ella. Él la siguió. Entraron en el restaurante y se sentaron juntos en una banca tapizada de verde. Era como en los viejos tiempos de juventud, antes de la cárcel. Como de costumbre, fue ella quien pidió, luego lo miró a los ojos, pero él no fue capaz de sostenerle la mirada.

—¿Dónde has estado todo este tiempo? —le preguntó.

—En todas partes y en ninguna —contestó él—, estoy trabajando de nuevo desde hace dos días. El resto del tiempo, desde la última vez que nos vimos, lo he pasado borracho, tirado bajo los puentes como todos los míos.

Pero supongo que tú has llevado mejor vida. Y en compañía de hombres —añadió un poco más tarde.

—¿Y tú? —preguntó ella—. Porque parece que entremedias, entre que te emborrachabas, estabas sin trabajo y dormías bajo un puente, también has tenido tiempo y oportunidad para conocer a una tal Teresa. Y si yo no hubiera aparecido por casualidad, te habrías ido con ella de verdad.

Él no respondió, se quedó callado hasta que se acabaron la carne y llegaron el queso y la fruta. Y cuando se bebió el último trago de su vaso de vino, le asaltó el mismo temor que le había acompañado tantas veces hacía años, cuando vivían juntos. Deseó huir de ella y dio una voz.

—¡Camarero!

Pero ella se cruzó.

—¡Esto lo pago yo, camarero!

El camarero era un hombre mayor con una mirada experimentada. Dijo:

—El caballero ha llamado primero.

Así que fue Andreas quien pagó. En aquella ocasión, se sacó todo el dinero del bolsillo interior izquierdo de la chaqueta y, después de pagar, pudo comprobar asustado, aunque con la mirada suavizada por el placer del vino, que ya no disponía de todo el dinero que debía a la pequeña santa. «De todas formas —se dijo para sus adentros—, me están sucediendo últimamente tantos milagros, uno detrás de otro, que para la semana que viene habré reunido con seguridad el dinero que debo y lo podré entregar».

—¡Si te has hecho rico! —dijo Karoline, ya en la calle—, deberías guardarte bien de esa pequeña Teresa.

Y como él no respondió, ella estuvo segura de hallarse en lo cierto. Pidió que la llevara al cine y fueron al cine. Era la primera vez, después de mucho tiempo, que él veía una película, tanto tiempo que apenas podía entender la trama, así que se quedó dormido en el hombro de Karoline. A continuación, fueron a una sala de baile en la que tocaban el acordeón, pero hacía tanto también desde la última vez que, cuando se dispuso a bailar, ya no se acordaba de los pasos. En cambio, ella estaba fresca y deseable, así que otros hombres la sacaron a bailar y se la llevaron. Él se quedó en la mesa y bebió Pernod de nuevo. Era como en los viejos tiempos, cuando ella también se quedaba bailando con otros mientras él bebía solo a la mesa. Y ese fue el motivo de que se levantara de repente y la rescatara bruscamente de los brazos de otro, diciendo:

—Nos vamos a casa.

La acarició en la nuca y ya no la dejó ir. Pagó y se fue con ella a casa, porque ella vivía cerca de aquel lugar.

Así que todo resultó como en los viejos tiempos, como en los viejos tiempos antes de la cárcel.

V

Se despertó muy temprano por la mañana. Karoline aún dormía. Un solitario pájaro gorjeaba en la ventana abierta. Permaneció un rato tumbado con los ojos abiertos. No fueron más de unos cuantos minutos, pero en aquellos pocos minutos pudo reflexionar. Pensó que le habían pasado tantas cosas extraordinarias en solo una semana como en todo el resto de su vida. Giró la cabeza y pudo ver a su derecha a Karoline. Lo que le había pasado inadvertido en su encuentro del día anterior se mostró ahora con toda claridad: se había hecho mayor, estaba pálida e hinchada y, respirando con dificultad, dormía el sueño de las mujeres que envejecen. Reconoció la diferencia con aquel tiempo, aquellos años que habían transcurrido también desapercibidos junto a él. Pero él mismo se encontraba igualmente cambiado y esa fue la causa de que decidiera levantarse enseguida sin despertar a Karoline y marcharse de allí llevado por el mismo azar o, mejor dicho, por el mismo destino que los había reunido el día anterior. Se vistió con sigilo y salió en dirección a un nuevo día, uno más de sus nuevos días.

Aunque aquel era más bien un día de los antiguos y ya desacostumbrados; y es que, al ir a buscar en el bolsillo izquierdo, donde solía guardar el dinero encontrado o ganado ya hace unos días, se dio cuenta de que solo le quedaban un billete de cincuenta francos y unas cuantas monedas. Él, que desde hacía tanto desconocía el significado del dinero y que tampoco le prestaba interés, ahora se asustó igual que quienes acostumbran a llevar siempre dinero en el bolsillo y se apuran un día al ver que apenas llevan. Así que, bajo aquella luz del alba y en medio de las calles desiertas, él mismo, que por meses y más meses había vivido sin dinero, se sintió pobre de repente cuando notó que le faltaban los billetes de otros días. Tuvo la impresión de que el tiempo en que vivía sin dinero quedaba muy muy atrás y que, a causa de Karoline, había gastado a la ligera y sin sentido la suma de dinero que había debido reportarle un nivel digno de vida. Estaba enfadado con Karoline. Sí, él, que nunca había concedido ningún valor al hecho de tener dinero, comenzó de pronto a considerarlo. Hasta le pareció que cincuenta francos era una cantidad ridícula para un hombre de su valía y finalmente llegó a la conclusión de que, para poder estimar esa valía, su verdadera valía, era necesario reflexionar con calma y una buena copa de Pernod.

Buscó en los locales cercanos uno que le gustara especialmente, se sentó y pidió el Pernod. Mientras lo bebía, se acordó de que vivía en París sin permiso de residencia y se puso a revisar sus papeles. Acto seguido, cayó en la cuenta de que podía considerarse un expatriado, pues había llegado a trabajar como minero a Francia desde Olschowice, en su Silesia polaca natal.

VI

Se acordó ahora, mientras extendía sobre la mesa sus papeles medio rotos, de que había llegado allí un día, hacía muchos años, por un anuncio del periódico donde se decía que se buscaban trabajadores para la mina. Toda su vida había soñado con vivir en un país lejano. Había trabajado en las minas de Quebecque, alojado por unos paisanos, el matrimonio Schebiec. Él estaba enamorado de la mujer y un día el marido fue a matarla, pero fue Andreas quien mató al marido. Por eso, había ido a parar a prisión.

Aquella mujer era Karoline.

Todo eso fue lo que pensó Andreas mientras echaba un vistazo a sus papeles vencidos. Luego se pidió un Pernod porque se sentía muy infeliz.

Cuando se levantó, sintió hambre, pero era ese tipo de hambre que solo sienten los borrachos, esa extraña clase de avidez, pero no de comida, que tan solo dura unos instantes, concretamente, lo que tarda en volver a la imaginación la bebida preferida del momento.

Durante mucho tiempo, Andreas había llegado a olvidar su apellido. Ahora, en cambio, después de revisar los inservibles papeles, se acordó de que se llamaba Kartak, Andreas Kartak. Y era como si se descubriera a sí mismo al cabo de muchos años.

Aun así, se sentía como contrariado con su destino por no haberle vuelto a mandar, como en la ocasión anterior, a un hombre gordo con bigote y cara de niño que le permitiese ganar dinero otra vez. Porque a nada se acostumbran los hombres más fácilmente que a los milagros si estos se repiten una, dos o tres veces. Ah, la naturaleza de los hombres es de tal forma que hasta se vuelven malvados cuando se les niega aquello que les procuró un mero golpe de fortuna… Así son los hombres, ¿y qué otra cosa habríamos podido esperar de Andreas? Pasó el resto del día en distintas tabernas haciéndose a la idea de que el tiempo milagroso que había vivido ya tocaba definitivamente a su fin y que su viejo tiempo recomenzaba. Así que se dirigió a la orilla del Sena, bajo algún puente, dispuesto a ese lento declive al que los borrachos siempre parecen dispuestos —¡los abstemios no conocen esa sensación!—.

Durmió allí parte del día y de la noche tal y como acostumbraba a hacer desde hacía un año, tomando prestada una botella de aguardiente de alguno de aquellos hombres con quienes compartía destino. Era la noche del jueves al viernes. Soñó que la pequeña santa Teresa venía a él con forma de una muchacha de tirabuzones rubios y le decía:

—¿Por qué no viniste a verme el domingo?

Y la santa tenía la imagen que él se había hecho de su propia hija hacía unos años. ¡Aunque él no había tenido ninguna hija! Y en su sueño le decía:

—¿Cómo me hablas así?, ¿has olvidado que soy tu padre?

A lo que la pequeña respondía:

—Perdóname, padre, pero haz el favor de venir a verme pasado mañana, domingo, a Santa María de Batignolles.

Y tras la noche del sueño, se levantó fresco, igual que una semana atrás, cuando todavía le ocurrían milagros. De hecho, era como si tomara el sueño por un verdadero milagro. De nuevo, deseó bañarse en el río. Pero antes de quitarse la chaqueta con ese fin, se palpó el bolsillo interior izquierdo con la vaga esperanza de encontrar algo de dinero olvidado. Se echó la mano al bolsillo de la chaqueta y no encontró ningún billete y en cambio sí la cartera que se comprara hacía unos días. La sacó. Era una billetera muy barata, usada, de segunda mano, todo tal y como era de esperar. De piel de vaca, cuero de descarne. Se quedó mirándola con curiosidad porque ya no recordaba cuándo ni dónde la había comprado o de dónde había salido. Finalmente, la abrió. Tenía dos bolsillos. Se puso a escudriñar en ellos movido por la curiosidad y encontró que, en uno, había un billete. Lo sacó. Era un billete de mil francos.

A continuación, metió el billete en el bolsillo del pantalón, fue a la orilla del Sena y se lavó la cara e incluso el cuello, casi feliz, sin cuidarse de la presencia de otros compañeros de infortunio. Acto seguido, se puso de nuevo la chaqueta e inauguró una nueva jornada entrando en un estanco a comprar cigarrillos.

Llevaba suficiente dinero suelto para pagar los cigarrillos, pero se preguntaba cómo podría hacer para cambiar el billete de mil francos que había encontrado tan milagrosamente en la cartera. Y es que tenía la suficiente experiencia como para saber que, a ojos del mundo o, mejor dicho, de aquellos que lo ordenan y disponen, había un contraste demasiado grande entre su ropa y aquel billete de mil francos. A pesar de eso, se decidió a enseñar el billete con la valentía adquirida tras el nuevo milagro, y, para ello, echó mano del resto de la astucia que le quedaba. Dijo al cajero del negocio:

—Si no tiene cambio de mil francos, le pago sin problema con monedas. Pero si es posible, me gustaría cambiarlo.

Para sorpresa de Andreas, el señor del estanco respondió:

—¡Al revés! Me hacía falta un billete de mil francos. Viene usted en el momento justo.

Y el patrón le cambió el billete de mil francos. Luego Andreas se quedó recostado sobre el mostrador y se bebió tres copas de vino blanco como dando gracias al destino.

VII

Mientras estaba así, recostado sobre el mostrador, reparó en un retrato que colgaba de la pared tras el fornido patrón, un retrato que le recordaba a un viejo compañero de clase de Olschowice. Por eso, le preguntó:

—¿Quién es ese?, creo que lo conozco.

Al oír aquello, el patrón y los demás clientes rompieron en una ruidosa carcajada y exclamaron:

—¿Cómo no va a saber quién es?

Y es que, en efecto, se trataba del gran futbolista Kanjak, de origen silesio y muy conocido por todos. Pero de qué iban a conocerlo los alcohólicos que duermen bajo los puentes del Sena, como, por ejemplo, nuestro Andreas. Y como se avergonzaba, sobre todo porque aquel era el lugar donde, para colmo, había cambiado el billete de mil francos, dijo:

—Ah, por supuesto que lo conozco y hasta es mi amigo. Es que el dibujo no me parece logrado.

A continuación y para que no siguieran preguntando, pagó a toda prisa y se marchó.

Ahora sintió hambre. Entró en el siguiente mesón que encontró y comió y bebió un vino tinto y un café tras el queso y pensó pasar la tarde en un cine, pero aún no sabía en cuál. En la conciencia de tener tanto dinero como cualquiera de aquellos hombres pudientes con quienes se cruzaba, se dirigió a los grandes bulevares. Entre la ópera y el *boulevard* des Capucines buscó una película que pudiera gustarle y al final la halló. La cartelera que anunciaba la película representaba a un hombre dispuesto a perderse en una aventura sin retorno. En el cartel, se le veía avanzando a través de un desierto terrible y abrasado por el sol. Y ya estaba Andreas a punto de sentir simpatía y familiaridad con el héroe cuando de repente la película dio un giro insospechado y feliz: una caravana científica que pasó al lado del hombre lo rescató y lo devolvió al seno de la civilización. En este punto, Andreas perdió toda simpatía hacia él, y hasta estuvo tentado de levantarse, cuando en la pantalla apareció la imagen de aquel compañero de clase cuyo retrato había visto tras el patrón de la taberna. Era Kanjak, el gran futbolista. En aquel momento, se acordó de que hacía veinte años se había sentado con Kanjak en la misma banca de la escuela y pensó que al día siguiente iría enseguida a enterarse de si su viejo compañero se encontraba en París. Y es que él, nuestro Andreas, tenía novecientos ochenta francos en el bolsillo, que no es precisamente poco.

VIII

Pero antes de abandonar el cine, se le ocurrió que tal vez no era necesario esperar al día siguiente para saber la dirección de su compañero de clase; sobre todo, considerando la gran cantidad de dinero que llevaba en el bolsillo.

De hecho, se sentía tan animado por llevar aquel dinero que hasta estaba dispuesto a preguntar en caja por la dirección de su amigo, el famoso futbolista Kanjak. Porque al principio había pensado que debía preguntar personalmente al director de la sala de cine, ¡pero no! ¿Quién podía ser tan conocido en todo París como Kanjak, el futbolista? El portero mismo conocía su dirección. Vivía en un hotel en los Campos Elíseos. El portero le dijo hasta el nombre del hotel y nuestro Andreas se puso inmediatamente en camino.

Era un hotel pequeño, agradable y tranquilo, de ese tipo de hoteles en los que acostumbran a vivir los boxeadores y los jugadores de fútbol, la élite de nuestro tiempo. Andreas se sintió un poco extraño en el vestíbulo y también a los empleados del hotel les incomodó su presencia. En cualquier caso, le dijeron que el famoso futbolista Kanjak se encontraba allí y que bajaría al vestíbulo en cualquier momento.

En efecto, transcurridos unos minutos, bajó y ambos se reconocieron inmediatamente. Estando aún allí de pie, se pusieron a recordar anécdotas de la escuela y luego se fueron a comer juntos con gran alborozo. Se fueron a comer y, entremedias, el famoso futbolista le preguntó a su menesteroso amigo:

—¿Cómo es que tienes este mal aspecto? ¿Qué clase de harapos llevas puestos?

—Te parecería una historia terrible. Y arruinaría la alegría de nuestro feliz encuentro. Prefiero no hablar de eso, mejor hablemos de algo alegre.

—Tengo muchos trajes —dijo el famoso jugador Kanjak— y me encantaría poder darte alguno de ellos. Tú te sentabas en la banca de al lado, en el colegio, y me dejabas copiar. ¿Qué puede importarme a mí un traje? Dime, ¿adónde te lo puedo enviar?

—No podrías hacerlo —respondió Andreas— por la sencilla razón de que no tengo casa. Vivo desde hace tiempo bajo los puentes del Sena.

—Entonces, te alquilaré una habitación —dijo el futbolista— con el solo objeto de enviarte allí el traje. ¡Vamos!

Después de comer, salieron y el futbolista le alquiló una habitación que costaba veinticinco francos por día y estaba situada cerca de la magnífica iglesia de París que se conoce por el nombre de la Madelaine.

IX

La habitación estaba en el quinto piso y Andreas y el futbolista tuvieron que subir en ascensor. Por supuesto, Andreas no llevaba equipaje, pero ni el portero ni el ascensorista ni nadie del personal del hotel se extrañaron. Porque aquello era un milagro y, en un milagro, nada sorprende. Cuando los dos estaban arriba, en el cuarto, el futbolista Kanjak le dijo a su compañero de clase:

—Necesitarás jabón.

—Entre nosotros —respondió Andreas—, puedes vivir muy bien sin jabón. Y aquí también podré arreglármelas sin jabón, eso no me impedirá lavarme. Lo que sí querría es que honráramos la habitación pidiendo algo de beber.

El futbolista pidió una botella de coñac y se la bebieron entera. A continuación, dejaron el cuarto, tomaron un taxi y se fueron a Montmartre, concretamente, al local de las mujeres en el que Andreas ya había estado hacía unos días.

Después de pasar allí, sentados, dos horas y compartir más recuerdos del colegio, el futbolista condujo a Andreas a casa, esto es, a la habitación de hotel que le había alquilado, y le dijo:

—Se ha hecho tarde, te dejo a solas. Mañana te mandaré dos trajes. Y… ¿necesitas dinero?

—No —dijo Andreas—, tengo novecientos ochenta francos, que no es precisamente poco. ¡Que llegues bien a casa!

—Vendré en dos o tres días —dijo el amigo futbolista.

X

La habitación de hotel en la que ahora vivía Andreas tenía el número ochenta y nueve. Tan pronto como se encontró solo en la habitación, se sentó en una cómoda butaca de tapizado rosa y comenzó a mirar a su alrededor. Vio entonces el papel pintado de seda roja, salpicado de cabezas de papagayo con fino dorado y tres botones de marfil; a la derecha del marco de la puerta, cerca de la cama, quedaba la mesita de noche y, encima de ella, una lámpara con la pantalla verde oscuro; a continuación, estaba la puerta con un pomo blanco, detrás de la cual parecía esconderse algo misterioso, al menos para Andreas. Y por fin, más allá, cerca de la puerta, se encontraba un teléfono negro, instalado de tal modo que se podía descolgar mientras uno estaba tumbado en la cama.

Después de examinar un buen rato el cuarto y resuelto a familiarizarse con él, sintió una súbita curiosidad. Y es que le irritaba aquella puerta con el pomo blanco, así que, pese al miedo y al hecho de no estar acostumbrado a las habitaciones de hotel, se levantó y decidió averiguar adónde daba. Naturalmente, creyó que estaría cerrada, pero cuál fue su sorpresa cuando se abrió sola y hasta solícitamente.

Pudo entonces comprobar que se trataba de un cuarto de baño con azulejos relucientes, una bañera también resplandeciente y blanca, con un lavabo, y, en resumidas cuentas, lo que en su medio no habría dudado en denominar urinario. Sintió la necesidad de bañarse en aquel momento, de modo que dejó abiertos los grifos del agua caliente y el agua fría para llenar la bañera. Y cuando se desnudó para meterse, lamentó no tener más camisas, pues, al quitársela, comprobó que la suya estaba muy sucia y temía el momento de salir del baño y tener que volver a ponérsela.

Se metió en el baño y se dijo que hacía mucho tiempo desde la última vez que se había lavado, así que se bañó con auténtica ansia. Se levantó, se volvió a poner la ropa y estuvo un rato sin saber bien lo que hacer.

Más por desesperación que por curiosidad, abrió la puerta de la habitación, salió al corredor y vio a una muchacha que acababa de salir también de su habitación, igual que él. Le pareció joven y hermosa. Sí, le recordó a la vendedora de la tienda donde había adquirido la cartera y algo también a Karoline. Por eso, hizo una leve inclinación delante de ella y la saludó, y como contestó a su saludo asintiendo con la cabeza, él sacó pecho y, ni corto ni perezoso, le dijo:

—Es usted muy guapa.

—Usted también me gusta —respondió ella—, quizás nos veamos mañana.

Y se perdió en la oscuridad del corredor. En cambio, él, necesitado de amor como de pronto se sintió, quiso saber el número de la habitación en que ella se alojaba.

Era el número ochenta y siente. Y tomó buena nota en su corazón.

XI

Volvió a su cuarto y se quedó un rato aguzando el oído. Estaba incluso decidido a no esperar a la mañana siguiente para volver con la hermosa joven. Y es que, aun convencido como estaba después de tantos milagros, de que tenía a la fortuna de su parte, creía que ello más bien lo autorizaba a una especie de euforia y, en cierto modo, a adelantarse a su favor, como por deferencia, para no ofenderla ni lo más mínimo. Por eso, al adivinar los pasos ligeros de la muchacha de la número ochenta y siete, dejó su puerta cuidadosamente entornada para comprobar que se trataba, en efecto, de ella, que volvía a su habitación. Lo que no pudo notar a consecuencia de todos aquellos años sin experiencia fue el hecho, nada insignificante, de que la muchacha se había percatado de que la espiaba. Por eso, tal y como aprendiera en el trabajo y también por costumbre, ella se apresuró a su cuarto y se las arregló para darle en un santiamén un aspecto más ordenado, apagó la lámpara del techo, tomó un libro y se tendió en la cama a leer, alumbrada por la lamparita del velador, aunque era un libro que ya había leído hacía mucho.

Después de un rato, llamaron temerosamente a la puerta y, como era de esperar, Andreas entró. Se detuvo junto a la puerta, aunque a aquellas alturas tenía la certeza de que enseguida lo invitaría a acercarse. Y en efecto, la hermosa joven no se movió un palmo, ni siquiera soltó el libro, tan solo preguntó:

—Y usted, ¿qué quiere?

Andreas, con la seguridad que le habían dado el baño, el jabón, la butaca, las cabezas de papagayo y el traje, respondió:

—No puedo esperar a mañana, señorita.

La joven no dijo nada.

Andreas se acercó a ella, le preguntó qué leía y ella respondió con franqueza:

—No me interesan los libros. Estoy aquí solo de paso —dijo desde la cama—, me quedo hasta el domingo. El lunes tengo que presentarme en Cannes.

—¿Para qué? —preguntó Andreas.

—Bailo en el casino. Me llamo Gabby. ¿No le suena mi nombre?

—Claro, lo conozco de los periódicos —mintió Andreas, y habría querido añadir «con los que me cubro», pero no lo hizo.

Se sentó al borde de la cama y la joven no puso ninguna objeción. Incluso soltó el libro. Y Andreas se quedó hasta la mañana en la habitación ochenta y siete.

XII

El sábado por la mañana se despertó con la firme intención de no separarse de la muchacha hasta su partida. Sí, en su interior germinó incluso la tierna idea de un viaje con ella a Cannes. Y es que, como suelen hacer los hombres (y en especial los borrachos sin dinero), tendía a considerar una fortuna la pequeña cantidad de dinero que llevaba en el bolsillo. Por eso, aquella mañana volvió a contar sus novecientos ochenta francos. Y como estaban en una cartera y esa cartera, a su vez, estaba guardada en el bolsillo de un traje nuevo, casi le parecía tener diez veces más. Así que no se molestó en absoluto cuando, una hora después de haberla dejado, la hermosa joven entró en su habitación sin llamar y le preguntó cómo iban a pasar el sábado antes de su marcha a Cannes, a lo que él respondió como de carrerilla:

—Fontainebleau.

En algún lugar, quizás medio en sueños, había oído aquel nombre, pero ahora no sabía ni cómo ni por qué había llegado a su boca.

Alquilaron un taxi, se fueron a Fontainebleau y resultó que la muchacha conocía allí un buen restaurante donde se podía comer buena comida y beber buena bebida. El camarero también la conocía a ella y la llamaba por su nombre de pila. Y si nuestro Andreas hubiera sido celoso por naturaleza, habría tenido en este caso motivos suficientes para enfadarse. Pero no era celoso y tampoco se enfadó. Pasaron un tiempo comiendo y bebiendo y regresaron a París en un taxi; sí, allí estaba ante ellos la luminosa noche de París, pero en realidad no sabían muy bien qué hacer con ella. Se sentían como esas personas que no se pertenecen, que solo el azar ha colocado en el mismo camino. La noche se extendía ante sus ojos como un desierto demasiado abierto y ellos dudaban qué hacer tras despachar con ligereza la vivencia esencial que a un hombre y una mujer les es dada. Finalmente, se decidieron por aquello que le está destinado a la gente de nuestro tiempo cuando no saben lo que hacer: ir al cine. Se sentaron, la luz no estaba del todo apagada, no estaba oscuro, sino casi a media luz. Y allí se tomaron de la mano la muchacha y nuestro amigo Andreas. Pero había algo de indiferencia en aquel gesto de él y aquello hizo que se sintiese infeliz. A continuación, cuando llegó la pausa, pensó en ir con la muchacha a beber y eso hicieron, se fueron y bebieron. El cine ya no le interesaba lo más mínimo. Acongojados, se dirigieron al hotel.

La mañana siguiente era domingo y Andreas despertó consciente de que debía devolver el dinero. Se levantó más aprisa que el día anterior, tanto que hasta la muchacha se despertó sobresaltada y preguntó:

—¿A qué tanta prisa, Andreas?

—Tengo que saldar una deuda —contestó.

—¿Cómo?, ¿hoy domingo?

—Sí, hoy domingo —respondió.

—¿Es a un hombre o a una mujer a quien debes dinero?

—A una mujer —dijo vacilante.

—¿Cómo se llama?

—Teresa.

En ese momento la hermosa joven saltó de la cama, apretó los puños y le pegó con ambos en la cara.

Él se escabulló, salió de la habitación y abandonó el hotel. Sin volver la vista atrás, encaminó sus pasos a Santa María de Batignolles, convencido de que aquel día podría devolver por fin los doscientos francos a la pequeña Teresa.

XIII

Sin embargo, quiso la Providencia —o, como preferirían los menos creyentes, el azar— que Andreas llegara otra vez justo a la salida de la misa de diez. Como era de esperar, cerca de la iglesia volvió a ver el garito en que había estado bebiendo el día anterior, así que volvió a entrar.

Pidió de beber. Pero, cauteloso como era y como todos los pobres de este mundo son hasta cuando han vivido un milagro tras otro, quiso primero comprobar si tenía el dinero suficiente, así que sacó su billetera. Cayó entonces en la cuenta de que apenas le quedaba nada de los novecientos ochenta francos: tan solo doscientos cincuenta.

Se quedó pensando y comprendió que la hermosa joven del hotel le había robado dinero. Pero no le importó. Se dijo que todo placer tiene su precio; él había obtenido placer y era natural pagar por ello.

Quiso esperar allí hasta que repicaran las campanas, las campanas de la capilla cercana, para ir a misa y saldar por fin la deuda con la pequeña santa. Aunque antes le apetecía beber, y, en efecto, pidió de beber y bebió. Las campanas comenzaron a repicar, anunciando la misa. Entonces llamó:

—¡Camarero, la cuenta!

Pagó, se levantó y, justo delante de la puerta, se topó con un hombre de hombros muy anchos al que enseguida reconoció y llamó por su nombre:

—¡Woitech!

Y el otro, al mismo tiempo:

—¡Andreas!

Se fundieron, pues, en un abrazo, y es que habían sido compañeros en Quebecque, en la misma galería de la mina.

—Si te apetece, espérame aquí veinte minutos —dijo Andreas—, lo que dure la misa, ni un minuto más.

—¡No, eso no! —dijo Woitech—, ¿desde cuándo vas tú a misa? No soporto a los curas y menos a los que van a verlos.

—Pero a quien yo voy a ver es la pequeña Teresa —dijo Andreas—, tengo una deuda con ella.

—¿Te refieres a santa Teresita? —preguntó Woitech.

—Eso es —respondió Andreas.

—¿Cuánto le debes? —preguntó Woitech.

—Doscientos francos —dijo Andreas.

—¡Entonces te acompaño! —dijo Woitech.

Las campanas repicaban todavía. Se fueron a la iglesia y, cuando ya estaban dentro y había comenzado la misa, Woitech le susurró:

—¡Dame cien francos! Acabo de acordarme de que me espera uno ahí enfrente. Como no le devuelva lo suyo, voy a la cárcel.

De inmediato, Andreas le dio los dos billetes de cien francos que aún tenía y le dijo:

—Ahora voy yo.

Al comprobar que no le quedaba dinero para devolverle a santa Teresa, pensó que era absurdo seguir más tiempo en misa. Solo por decoro, esperó cinco minutos y luego se acercó al bar donde lo esperaba Woitech.

Desde aquel momento fueron compañeros, tal y como se prometieron uno al otro.

Por supuesto, Woitech no le debía dinero a nadie. El billete de cien francos que Andreas le había prestado lo escondió en un pañuelo y lo aseguró con un nudo. Con el otro billete, invitó a Andreas a beber y a beber y a beber, y cuando se hizo de noche, se fueron al local de las mujeres complacientes y allí se quedaron tres días. Cuando salieron, ya era martes y Woitech se separó de Andreas con las siguientes palabras:

—Nos vemos de nuevo el domingo, a la misma hora y en el mismo sitio.

—¡Hasta la vista! —dijo Andreas.

—¡Hasta la vista! —contestó Woitech, y desapareció.

XIV

Era una tarde lluviosa de martes; la lluvia caía con tanta fuerza que pareció tragarse a Woitech en cuestión de segundos. Esa fue al menos la impresión que tuvo Andreas.

Le pareció que su amigo había desaparecido en la lluvia del mismo modo que había aparecido, por casualidad. Y como ya no llevaba dinero en el bolsillo a excepción de treinta y cinco francos, mimado por la fortuna, como él mismo se creía, y sin dudar de los milagros que con toda seguridad habían de ocurrirle aún, decidió hacer algo muy común entre los pobres y los que se dan a la bebida: encomendarse de nuevo a Dios, el único en quien creía a aquellas alturas. Así pues, se dirigió al Sena y bajó la escalera de costumbre, la que lleva al hogar de los desamparados.

Vino a tropezar entonces con un hombre que estaba a punto de subir y cuya figura se le antojó muy familiar. Lo saludó cortésmente. Era un hombre trajeado y de avanzada edad. Se quedó parado mirando a Andreas y finalmente le preguntó:

—¿Necesita usted dinero, buen hombre?

Andreas reconoció en la voz a aquel señor con quien se había encontrado hacía tres semanas. Por eso le dijo:

—Sé muy bien que le debo dinero, tenía que devolvérselo a santa Teresita, pero me han ocurrido tantos imprevistos, ¿sabe?... Ya es la tercera vez que me resulta imposible devolverle el dinero.

—No sé de lo que me habla —dijo el hombre mayor y con traje—, no tengo el honor de conocerle. Al parecer me confunde usted con otro, pero no creo equivocarme al pensar que se halla en un aprieto. Respecto a santa Teresa, a la que acaba de referirse, sepa que me encuentro tan unido a ella que estoy dispuesto a adelantarle el dinero que le debe. ¿Cuánto es exactamente?

—Doscientos francos —respondió Andreas—, pero, con todos mis respetos..., ¡usted no me conoce! Soy un hombre de honra y sin embargo no podrá ir a reclamarme el dinero. Tengo honra pero no domicilio, duermo bajo uno de esos puentes.

—¡Pero no pasa nada! —dijo el señor—, también yo acostumbro a dormir ahí. Si me acepta el dinero, me hará un favor tan enorme que no tendré cómo agradecérselo. ¡Yo también le debo tanto a santa Teresita...!

—Entonces —dijo Andreas—, estoy a su completa disposición.

Tomó el dinero, esperó un momento a que el señor subiera los escalones y entonces subió él mismo también aquella escalera, derecho a la *rue* des Quatre Vents, al viejo restaurante ruso-armenio Tari-Bari. Y allí se quedó hasta el sábado por la tarde. Entonces se acordó de que al día siguiente era domingo y tenía que ir a la capilla de Santa María de Batignolles.

XV

El Tari-Bari estaba muy lleno, pues algunos vagabundos dormían allí de día y de noche; por el día, detrás del mostrador y, por la noche, sobre las bancas. Andreas se levantó muy temprano el domingo, no tanto porque temiera faltar a la misa como por miedo a que el patrón le reclamara la comida, la bebida y el alojamiento de tantos días.

Pero no calculó bien: el patrón se había levantado mucho antes que él. Y es que ya lo conocía y sabía que Andreas tendía a aprovechar la menor ocasión para irse sin pagar. A consecuencia de eso, nuestro Andreas tuvo que abonar todo el tiempo de martes a domingo y aun mucho más de lo que debía por lo que había comido y bebido. Porque el patrón del Tari-Bari sabía diferenciar aquellos clientes que sabían sumar de los que no. Y nuestro Andreas, como muchos borrachos, pertenecía a los que no. Así que se gastó una gran parte del dinero que tenía, pero dirigió sus pasos a la capilla de Santa María de Batignolles, incluso a sabiendas de que ya no tendría bastante dinero para pagarle a santa Teresa. Aparte de pensar en su pequeña acreedora, también lo hacía en su amigo Woitech, con el que estaba citado en la misa.

Así que se aproximó a la capilla, pero, por desgracia, volvió a llegar una vez más al final de la misa de diez y se topó con la multitud que salía. Como era ya costumbre, dirigió sus pasos al local de al lado, pero oyó que lo llamaban desde atrás y notó que alguien lo asía con mano firme por el hombro. Cuando se volvió, pudo ver que era un policía.

Nuestro Andreas, ya lo sabemos, iba sin papeles, igual que muchos de los suyos, así que tuvo miedo y se echó la mano al bolsillo para aparentar que sí tenía alguno en regla. Sin embargo, el policía dijo:

—Ya sé lo que está buscando, pero busca usted en vano en el bolsillo. Se olvidó la cartera, ¡aquí la tiene!

Y luego añadió de broma:

—¡Eso nos pasa por beber tanto aperitivo los domingos por la mañana!

Andreas agarró la cartera a toda prisa y sin apenas tiempo para devolver siquiera un saludo con el sombrero. Inmediatamente después, se dirigió a la taberna de enfrente.

Allí esperaba ya Woitech, aunque tardó un rato en darse cuenta de su presencia. Pero, entonces, sí, entonces lo saludó si cabe con más afecto. Y no pudieron dejar de intercambiarse invitaciones y Woitech, educado como la mayoría de los hombres, se levantó del taburete y cedió a Andreas el puesto de honor, dio la vuelta a la mesa con su andar vacilante, se sentó enfrente, en una silla, y se prodigó en cortesías hacia su amigo. Bebían exclusivamente Pernod.

—Me ha vuelto a ocurrir algo extraordinario —dijo Andreas—, cuando voy a cruzar la calle hacia aquí, me agarra un policía del hombro y me dice: «Se ha olvidado la cartera», entonces me da una cartera que no es mía y yo me la guardo. Ahora voy a averiguar lo que contiene.

Dicho esto, se saca la cartera y se pone a investigar: dentro hay muchos papeles que no le interesan lo más mínimo, pero más tarde encuentra dinero, se pone a contar los billetes y resulta que son doscientos francos. Entonces dice Andreas:

—¡¿Lo ves?! Es una señal de Dios. ¡Ahora mismo voy ahí enfrente y saldo al fin mi deuda!

—Pero para eso tendrás tiempo cuando acabe la misa. ¿Para qué quieres ir antes? Durante la misa no puedes pagar nada. Cuando haya acabado, vas a la sacristía. ¡Ahora bebamos!

—¡Claro, como quieras! —respondió Andreas.

En ese momento, se abrió la puerta y, mientras Andreas caía presa de un terrible dolor en el corazón y una gran debilidad en la cabeza, pudo ver cómo entraba una muchacha joven y se sentaba justo enfrente, en un taburete. Era muy joven, más joven, creía, que ninguna otra muchacha que viera jamás, e iba vestida de azul celeste, un azul como solo puede serlo el mismo cielo y solo en los días bendecidos. Andreas se lanzó trastabillando hasta ella, hizo una inclinación y le dijo:

—¿Qué hace usted aquí?

—Estoy esperando a que mis padres salgan de misa, vienen aquí a recogerme el cuarto domingo de cada mes —contestó ella, intimidada por aquel hombre mayor que así se le dirigía.

De hecho, tenía un poco de miedo.

Andreas le preguntó:

—¿Cómo se llama?

—Teresa —dijo ella.

—¡Ah, qué encantador! Nunca pensé que una santa tan grande, tan pequeña, una tan grande, tan pequeña acreedora me iba a conceder el honor de venir a buscarme después de haber faltado tantas veces a mi cita.

—No entiendo lo que me dice —dijo la muchacha, llena de turbación.

—Qué detalle por su parte —le respondió Andreas—, qué gran detalle y cuánto se lo agradezco. Hace ya mucho tiempo que le debo doscientos francos y aún no había podido dárselos, mi santa señorita.

—No me debe ningún dinero, yo llevo aquí alguno en el bolsillo, tómelo y váyase, que mis padres vienen pronto.

Woitech vio toda la escena en el espejo, se balanceó sobre el sillón, pidió dos Pernod y quiso arrastrar a nuestro Andreas para que bebiera con él.

Sin embargo, cuando se dispone a acercarse al mostrador, Andreas cae al suelo como un fardo y todos los que están en el bar se asustan, incluido Woitech. Pero la que más se asusta es la muchacha llamada Teresa. Como no hay cerca médico ni farmacia, lo arrastran a la capilla y, una vez dentro, a la sacristía. Y es que algo sí entienden los curas de muerte y de morirse, o eso piensan los propios camareros, pese a no creer. Y también la muchacha que se llama Teresa no puede por menos que acompañarlos.

Así pues, se llevan a nuestro Andreas a la sacristía, pero, por desgracia, no puede hablar ya, tan solo hace un movimiento como queriendo asirse el bolsillo interior izquierdo de la chaqueta, donde está el dinero que debe a su pequeña acreedora, y dice:

—Señorita Teresa.

Luego da un último suspiro y muere.

Que Dios nos conceda a todos los borrachos una muerte tan dulce y tan bella.

ÍNDICE

Esta edición de *El alumno aventajado*,
compuesta en tipos AGaramond 12 / 15 sobre papel
offset Natural de Vilaseca de 90 g, se acabó de
imprimir en Salamanca el día 27 de mayo de 2021,
aniversario de la muerte de Joseph Roth